Für Elka

Jean-Philippe,

Jean-Philippe Devise

Die Katze Elefant auf meiner Schulter

Eligia Goroncy Verlag

5. Auflage: 2020

Sportplatzstraße 22

D – 76848 Spirkelbach

Tel: 0 63 92/99 45 35

Fax: 0 63 92/99 45 36

email: devise-goroncy-eurocom@t-online.de

www.jean-philippe-devise.de

www.eligia-goroncy-verlag.de

Umschlagszeichnung: Bettina Flory, 76855 Annweiler

ISBN: 978-3-931063-06-1

Für Ursula Zimmermann

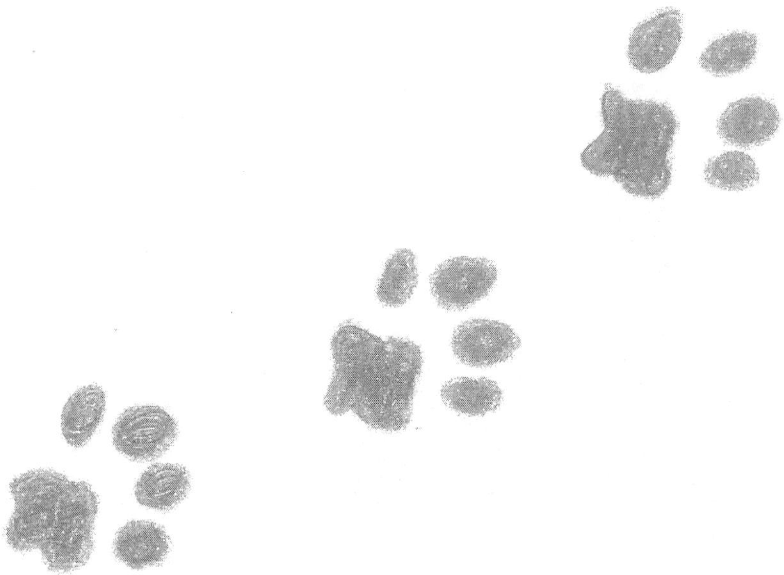

1.

Wollt ihr wissen, wie ich zu meiner Freundin, der Katze Elefant, gekommen bin? Danach erzähle ich euch, was die Katze Elefant kann, ihr werdet ganz schön staunen. Aber eins nach dem anderen.

Diese Geschichte fing vor ungefähr zwei, drei Jahren an, im Winter, an einem Freitagabend. Ich war 11. Wir hatten schon gegessen, und draußen war es dunkel, doch Papa sagte, er muss jetzt zur Tankstelle fahren.

Ich heiße Annika. Jetzt bin ich 13. Ich habe einen kleinen Bruder. Er heißt Hugo. Damals war er 7. Ich wollte mit zur Tankstelle, weil Hugo die ganze Tafel Schokolade gefressen hatte und an der Tankstelle kannst du Schokolade kaufen, auch wenn Aldi geschlossen hat. Ich war ganz schön sauer! Ich liebe nämlich Schokolade. Aber auch Kekse, Kuchen, Süßes eben. Vielleicht liebe ich sie ein bisschen zu viel. Sagt meine Mama zumindest. Mit ihr gibt's oft Zoff deswegen. Wenn ich mich weigere, auf die Waage zu steigen, zum Beispiel. Ich mag nämlich keine schlechten Nachrichten. Papa wusste nicht, dass er mir Schokolade kaufen würde. Ich habe es immer ganz gut drauf gehabt, den Papa zu beeinflussen. Ich fragte ihn:

„Papaaaa?“

Aber ich sage nicht, „Papa“ einfach so: Wenn du Schokolade bekommen willst, ist es nämlich wichtig, dass du „Papa“ mehr singst als sprichst, versteht ihr, was ich meine?

„Ja, Liebes?“, sagt er dann immer.

„Darf ich miiiit?“

Ich empfehle auch, das „mit“ nicht einfach so zu sagen, es gibt eine bestimmte Melodie für „mit“. Eigentlich passt diese Melodie sehr gut zur Schokolade, denn sie klingt so, als ob du Zucker oder Kakao oder beides drauf streuen würdest.

An dieser Stelle grinst Papa und er sagt, zuverlässig wie er nun ist:

„Selbstverständlich, meine kleine Prinzessin.“

Dann weißt du schon, du hast gewonnen. Und wenn du noch dazu sagst:

„Mit dem Papa macht's Spaß“, bist du auf der ganz sicheren Seite. Außerdem stimmt es, es ist keine Lüge! Lügen darf man nicht. Na ja, manchmal finde ich es ganz praktisch, ehrlich gesagt.

Doch zum Schokoladenkauf kamen wir nicht. Als Papa die Zapfpistole in den Tank steckte, stieg ich aus dem Auto. Es war ganz schön kalt. Aber ich muss mich immer bewegen, Mama nennt mich deshalb oft Zappelphilippine. Ich stand also neben dem Auto und pustete Nebel aus meinem Mund, als ich eine Katze miauen hörte. Sie miaute echt laut. Ich schaute mich um. Die Katze saß auf einer kleinen Mauer links vom Häuschen, wo die Kasse und die Schokolade sind. Sie guckte zu mir herüber und miaute noch lauter, ihr könnt euch nicht vorstellen, wie laut, zumal sie total klein war. Ich ging zu ihr.

Papa sagte:

„Pass auf, kleine Prinzessin."

„Wieso?"

„Keine Ahnung. Vielleicht handelt es sich um einen als kleine Katze verkleideten Tiger."

Mein Papa kann lustig sein! Die Katze war, wie gesagt, ganz klein, mit großen, grünen Augen. Ihr Fell hatte mehrere Farben: weiß, schwarz und grau. Je näher ich ihr kam, desto grüner kamen mir ihre Augen vor. Sie schaute mit einem Blick, der aufgeregt, aber trotzdem nett war. Man hätte meinen können, sie freute sich auf einen Streich, den sie mir spielen würde. Ich fragte mich, ob sie so innerlich grinste wie ich, wenn ich „darf ich miiiiit" singe und schon weiß, dass ich gewonnen habe.

Sie saß auf ihren Hinterpfoten, aber wenn sie miaute, hob sie ihren Popo. Das brachte mich zum Lachen, aber ich wollte sie nicht beleidigen, also sagte ich sehr schnell: „Hallo Katze!“, und als ob sie sich gedacht hätte, dies ist eine Einladung, sprang sie von der Mauer direkt auf meine linke Schulter!

2.

„Huch! Was machst du da, Katze?“, fragte ich, als ob ich es nicht wusste. „Na gut“, sagte ich, damit die Katze nicht glaubte, ich bin völlig bedeppert, „ich sehe es ja, du bist gerade auf meine Schulter gesprungen.“
Und sie, die Katze, was machte sie? – Sie schnurrte! Superlaut! Ich sage es euch, es ist nicht zu fassen, was für ein Lärm dieses kleine Tierchen machen konnte. Sie schnurrte wie das alte Motorrad von meinem Opa. Sie machte eine halbe Drehung auf meiner Schulter, so dass wir in die gleiche Richtung schauten, und rieb ihre Schnute gegen meine linke Wange. Ihr Fell roch sehr gut. Wir liefen zu Papa.
„Was ist denn das?“, fragte er, obwohl er es genau sehen konnte.
„Ein Elefant, Papa.“
Papa grinste.

„Soso! Wo kommt dieser Elefant her?“

„Aus Afrika, woher sonst?“

„Er könnte auch aus Indien kommen! Auch in Indien gibt es Elefanten, meine kleine Prinzessin!“

„Elefanten aus Indien haben blaue Augen, aber der da hat grüne, siehst du, Papa? Er kommt definitiv aus Afrika.“

„Ach ja, natürlich! Das mit den grünen Augen der afrikanischen Elefanten hatte ich völlig vergessen, Danke Liebes, dass du mich daran erinnert hast.“

Die Zapfpistole machte ein Klickgeräusch. Papa zog sie heraus und steckte sie in die Zapfsäule. Die Katze spazierte auf meiner Schulter hin und her, ihr Schwanz kitzelte mich an der Nase. Sie schnurrte ohne Unterbrechung.

„Fragen wir an der Kasse, ob die wissen, wem dieser Elefant gehört“, sagte Papa.

Ich hatte ein wenig Bammel, er würde tatsächlich von einem Elefanten erzählen und das wäre echt peinlich gewesen, aber zum Glück fragte er nur:

„Haben Sie eine Ahnung, wem dieses Raubtier gehört?“

An der Kasse saß ein Typ mit fettigen Haaren, Pickel im Gesicht und einem grimmigen Ausdruck.

„Noch nie gesehen“, knurrte er. „Die fünf? Neunundfünfzig Euro und vierundsechzig Cent.“

Papa zahlte, ich dachte nicht eine Sekunde an Schokolade

und wir gingen hinaus. „Tja“, sagte Papa, „was machen wir jetzt?“

Wir standen vor dem Auto. Die Katze hatte sich an meiner Schulter festgekrallt. Papa sagte:

„Wir können sie nicht einfach mit nach Hause nehmen...“

„Nee? Warum?“

„Deine Mutter wird an die Decke springen...“

„Sehr lange wird sie nicht dortbleiben können.“

Papa musste lachen. Die Katze schnurrte. Ich gab ihr einen Kuss. Jemand schrie aus einem Auto hinter uns:

„Haben Sie vor, noch lange darumzustehen? Ich muss auch tanken!“

„Ja, ist gut“, schrie Papa zurück, „können Sie nicht anders fragen? Kennen Sie die Grundregel der Höflichkeit nicht? Komm, Liebes.“

Wir stiegen ins Auto, die Katze schnurrte.

Papa startete den Motor, die Katze schnurrte.

Papa fuhr los, die Katze schnurrte.

Sie schnurrte in den Kurven. In den Geraden. Berghoch. Bergrunter, in der Garage, überall.

„Sie scheint sich wirklich zu freuen, dich gefunden zu haben“, sagte Papa, als wir noch unterwegs waren.

„Vielleicht hat sie keine Eltern mehr.“

„Vielleicht. Eins ist sicher: sie ist Menschen gewöhnt. Kann sein, dass sie sich verlaufen hat. Ich werde sie fotografieren, morgen hängen wir Plakate in der Nähe der Tankstelle auf."

„Hoffentlich sieht die Plakate niemand", sagte ich.

Papa grinste.

„Stell dir vor, ich hoffe es auch! Aber vielleicht trauert gerade ein Mädchen wie du, weil seine geliebte, kleine Katze verschwunden ist..."

3.

Entgegen Papas Befürchtung sprang Mama nicht an die Decke, als sie mich mit der Katze auf der Schulter entdeckte. Sie sprang nirgendwohin, sie fragte nicht, was das sein sollte, sie schüttelte nicht den Kopf, rollte nicht die Augen und haute sich nicht mit der flachen Hand auf die Stirn. Sie sagte nur:
„Ist die süß! Ich vermute, wir haben jetzt eine Katze. Hast du dir einen Namen ausgedacht?“
Meine Eltern sind echt cool!
„Elefant“, sagte ich.
Mein kleiner Bruder Hugo kam aus seinem Zimmer, das übrigens auch meins ist.
„Oh Scheiße“, sagte ich, „ich habe die Schokolade völlig vergessen!“
„Elefant?“, wiederholte Mama, „nee, das ist zwar witzig, aber das passt doch nicht für diese hübsche, kleine Katze... Wir

könnten sie Luna nennen..."

„Alle Katzen heißen Luna", sagte Papa.

„Wir könnten sie *Katze Elefant* nennen", schlug ich vor, „damit kein Elefant glaubt, er ist gemeint, wenn wir sie rufen."

Papa und Mama prusteten los. Hugo versuchte, die Katze Elefant zu streicheln, aber sie lief weg. Er lief ihr hinterher, aber sie war zu schnell.

„Bleib doch da, blöde Katze!", rief er.

„Lass sie", sagte Mama, „sie wird schon kommen, sobald du dich für sie nicht mehr interessierst, so sind Katzen eben..."

Ich habe inzwischen ein wenig vergessen, wie alles danach ablief, denn es war spät und ich musste ins Bett, ich kann mich nur daran erinnern, dass Mama ein Katzenklo organisierte, ein Katzenabendessen und ein Katzenbett in der Nähe des Holzofens. Die Katze Elefant schnurrte weiter munter vor sich hin, und dann mussten Hugo und ich in die Heia.

Jetzt glaubt ihr vielleicht, das war's dann. Von wegen.

4.

Das Miauen der Katze Elefant vor meiner Tür weckte mich. Ihr müsst wissen, ich bin tierisch faul, vor allem nachts – das Haus könnte zusammenbrechen, ich würde mich nicht bewegen. Ich schaute auf den Wecker neben meinem Bett. Der hat zwei Zeiger, die im Dunkeln grün leuchten. Die Zeiger sagten kurz nach drei. Ich schloss die Augen.
Wieder miaute die Katze Elefant.
„O nee", dachte ich, „ich habe keine Lust!"
Ich drehte mich zur anderen Seite und versuchte, wieder einzuschlafen. Doch dann hörte ich ein komisches, lautes Geräusch, als ob jemand einen Ball gegen die Tür werfen würde. Die Tür öffnete sich. Ich machte die Augen wieder auf. Im Flur war es stockdunkel.
„Miau", sagte die Katze Elefant.
Eine Sekunde später sprang sie auf mein Bett. Ich lag auf der

linken Seite. Sie kam zu meinem Kopf, setzte sich auf das Kopfkissen und lehnte ihren Kopf gegen meine Schläfe.

„Hallo Kleine, tut mir leid, dass ich dich wecke, aber ich hatte Lust, dich zu sehen."

Das sagte die Katze zu mir. Ich schwöre es euch. Glaubt nicht, ich habe es mir eingebildet. Und glaubt auch nicht, ich habe geträumt. Ich war wach. Hellwach. Tatsächlich habe ich die Stimme der Katze in meinem Kopf gehört. Sie hatte eine schöne Stimme, die Stimme eines Mädchens, etwas älter als ich, warm, klar, sanft.

„Ich war im Zimmer deiner Eltern, aber die haben mich rausgeschmissen", sagte sie noch.

Ich richtete mich plötzlich auf. Sie kletterte auf meine Schulter – ich spürte ihre kleinen Krallen heftig durch meinen Pyjama! – und platzierte ihren Kopf wieder an meine Schläfe.

„Entschuldigung für die Krallen, aber wenn du willst, dass wir miteinander reden können, müssen sich unsere Köpfe berühren", sagte sie.

„Du sprichst! Du sprichst! Du kannst sprechen!", sagte ich.

„Ho, Annika, halt' mal die Klappe", murmelte Hugo.

„Du schnurrst nicht, du sprichst", sagte ich, ohne mich um ihn zu kümmern.

„Ich schnurre nur, wenn ich nicht direkt mit dir reden kann."

„Ach so!"

„Mann, Annika, halt die Klappe!“, wiederholte Hugo.
Die Katze lachte. Ihr Lachen war schwierig zu beschreiben. Es sang und gurgelte. Ich musste an einen kleinen Bergbach denken, den ich mal fast eine halbe Stunde lang belauscht hatte, als wir im Urlaub in den Alpen waren. Ihr Lachen sang und gurgelte genauso wie der Bergbach.
„Warum lachst du?“
Sie beruhigte sich nach zwei Sekunden und antwortete:
„Ich habe die Zehen deiner Eltern gejagt! Ich konnte nicht widerstehen! Vor allem die Zehen deines Vaters! Die haben sich unter dem Laken bewegt, ich musste sie beißen! Es ging nicht anders! Daraufhin hat mich deine Mutter gepackt und im Esszimmer eingesperrt.“
„Und wie bist du rausgekommen?“
„Genauso, wie ich deine Tür aufgemacht habe, ich bin auf die Türklinke gesprungen. Jetzt lass ich dich schlafen. Nächste Nacht komme ich wieder vorbei. Bis morgen, Freundin.“
Sie sprang vom Bett.
„He, warte!“, sagte ich.
„Annika! Wirst du mal still sein, verdammt noch mal!“, schrie Hugo. Und die Katze Elefant – genau: sie schnurrte.

5.

Am darauffolgenden Tag hatten wir Samstag, das heißt keine Schule. Ich weiß nicht, wie es für euch ist, aber die Schule, die hasse ich. Nicht so sehr das, was man lernen muss, das interessiert mich manchmal sogar: Deutsch, vor allem, mache ich super gerne. Es ist das Ganze drum herum, die Lehrer sowieso – aber auch die anderen Schüler, oft noch mehr, als die Lehrer sogar. Nie werde ich mich über andere lustig machen, nur weil sie, zum Beispiel, gerne Süßes essen und etwas zu dick sind. Das schwöre ich euch.
Wir hatten also Samstag. Normalerweise wäre ich viel später aufgestanden, aber nach dem Gespräch mit der Katze Elefant konnte ich kaum schlafen, ich war ganz aufgeregt. Als ich ins Esszimmer kam, saßen meine Eltern schon am Frühstückstisch. Papa hatte coole Sachen aus der Bäckerei geholt: Laugencroissants, Schokobrötchen und ein paar

Mohnbrötchen. Ich setzte mich zu ihnen und wollte von dem Besuch der Katze Elefant berichten, als Mama sagte, meine neue Freundin wäre ein kleiner Teufel.

„Wer?“, fragte ich. Ich dachte an eine Zicke aus der Schule, von der Mama glaubte, sie sei meine Freundin. Na gut, vielleicht war sie tatsächlich meine Freundin gewesen. Damals.

„Die kleine Katze“, antwortete Papa.

„Nee! Das stimmt nicht“, protestierte ich.

„Und ob!“, sagte Mama (allerdings war sie nicht wirklich böse, sie tat nur so), „gestern hat sie es fertiggebracht, in unser Schlafzimmer rein zu kommen und dieser kleine Teufel hat unsere Füße attackiert, vor allem die deines Vaters.“

„Ohne deine Mutter hätte ich heute Morgen keine Zehen mehr!“, bestätigte Papa grinsend.

„Allerdings ist sie echt gescheit! Sie hat beobachtet, wie wir die Türen öffnen, und jetzt springt sie einfach auf die Türklinke“, sagte Mama, „wir müssen die Tür abschließen.“

Ich muss blöd geguckt haben, denn Papa fragte mich:

„Was ist los, Süße?“

Ich überlegte mir gerade, ob ich ihnen von dem nächtlichen Katzenbesuch erzählen sollte. In diesem Moment kam Hugo rein. Er trug seinen Kuschelaffen, der genauso groß war wie er. Der Idiot schrie mich an:

„Annika, blöde Kuh!“

„Hugo, wie sprichst du mit deiner großen Schwester?“, fragte Mama, „ich mag das überhaupt nicht!“

„Die blöde Kuh hat mich heute Nacht geweckt, ständig hat sie geplappert!“

„Vielleicht spricht Annika im Schlaf“, sagte Papa, „ich mache das nämlich auch. Was hat sie denn gesagt?“

„Keine Ahnung! Aber sie hat die ganze Nacht geredet! Blöde Kuh!“

„Quatsch“, sagte ich, „ein Mal nur habe ich mit der Katze gesprochen, eine Minute vielleicht, mehr nicht.“

Ups! Das ist mir so rausgerutscht.

„Blöde Kuh!“, sagte Hugo.

Ich schwöre euch auch, genauso wenig wie ich eine Zicke sein werde, werde ich ein kleiner Bruder!

„Das reicht jetzt, Hugo“, sagte Papa mit einer speziellen Stimme, nicht besonders laut, aber bei der Stimme wusste Hugo sofort, er hatte genug blöde Kühe gerufen.

„Dir hat die Katze also auch einen Besuch abgestattet?“, fragte Mama, „mussten deine Zehen auch herhalten?“

„Nein“, antwortete ich. „Nein... Soll... Soll ich was erzählen?“

„Ja, klar, sicher!“, schrien die beiden zusammen.

„Ihr werdet nicht sagen, ich habe geträumt?“

„Wissen wir nicht“, sagte Papa, „erzähl doch erst mal!“

„Na ja, also... Und ihr werdet nicht sagen, ich bin verrückt?“

„Das auf keinen Fall, Liebes“, sagte Mama.

„Versprochen?“

„Versprochen.“

„Jetzt bin ich mal gespannt“, sagte Papa.

„Blöde Kuh“, sagte Hugo ganz leise.

„Ich scheuer dir gleich eine“, sagte ich zu ihm.

„Erzähl’ deine Geschichte“, forderte mich Papa auf.

„OK. Also... Die Katze Elefant... Die... Das ist so... Sie spricht. Sie kann sprechen. Sie hat heute Nacht mit mir gesprochen.“

„Katzen sprechen nicht“, sagte Hugo.

„*Die* Katze Elefant spricht sehr wohl.“

„In welcher Sprache?“, fragte Mama.

„Du machst dich über mich lustig“, sagte ich.

„Nein“, sagte Mama, „überhaupt nicht. Ich bin nur neugierig.“

„Also... Deutsch. Was sonst? Oder? Ja, Deutsch. Glaube ich. Irgendwie – wenn ich darüber nachdenke... Ich weiß nicht mehr...“

Papa wollte wissen, was die Katze gesagt hatte.

„Dass... Dass sie mich sehen und sprechen will...“

„Du hast bestimmt einen schönen Traum gehabt“, sagte er.

Auf einmal wusste ich, es hatte keinen Zweck. Sie würden mir nie glauben. Eigentlich war es mir von Anfang an klar gewesen.

„Ja“, sagte ich, „vielleicht.“

„Wo ist sie überhaupt?“, fragte Papa.

„Sie wollte raus“, erklärte Mama. „Sie erkundet bestimmt ihre neue Umgebung.“

„Hoffentlich verläuft sie sich nicht und findet den Weg wieder!“, sagte ich.

„Da würde ich mir keine Gedanken machen“, fand Papa, „die Kleine ist gar nicht blöd!“

Und dann frühstückten wir. Die Eltern passten nicht auf, also aß ich sehr schnell alle Schokobrötchen, damit Hugo keins bekam, geschah ihm recht. Danach gab’s einen Anschiss von der Mama, aber das war mir egal.

6.

Der Tag verlief zäh, denn ihr könnt euch vorstellen, wie ungeduldig ich auf die nächste Nacht wartete. Sogar für Schokolade interessierte ich mich nicht, zumal ich von den vier Schokobrötchen vom Frühstück Bauchschmerzen bekommen hatte.

Am frühen Nachmittag kam die Katze Elefant wieder. Papa schoss einige Fotos von ihr, druckte sie aus, schrieb unsere Adresse und unsere Telefonnummer darunter, fuhr zur Tankstelle und hing sie dort auf. Ich blieb aber zu Hause.

Ansonsten verfolgte Hugo die Katze ständig überall im Haus. Er wollte sie zwingen, ihn lieb zu haben. Die Katze schnurrte weiter, sorgte aber immer dafür, einen Sicherheitsabstand zu Hugo einzuhalten.

„Glaubst du, auch an meinen Zehen wird sie knabbern?", fragte er mich irgendwann hoffnungsvoll. Ich zuckte mit den

Schultern.
„Weiß nicht. Ich denke, ihr schmecken nur Elternzehen.“
Beim Abendbrot sagte Mama, die Katze hätte Flöhe.
„Zum Glück gehen Katzen- und Hundeflöhe nicht auf Menschen über“, bemerkte Papa.
„Dann hast du einen Hund geheiratet, Liebling“, antwortete Mama.
Papa lachte.
„Am Montag kaufen wir ein Flohband“, sagte er, „für die Katze, für die Katze!“ fügte er sehr schnell hinzu, als ob er fürchten würde, Mama könnte glauben, das Flohband wäre für sie. In Wirklichkeit tat er nur so, als ob er sich fürchten würde. Die Erwachsenen spielen diese Spielchen oft und sehr gerne, hab ich inzwischen festgestellt.
Am Abend brauchten die Eltern nichts zu sagen, ich ging früh ins Bett, ohne wegen einer Fernsehsendung zu verhandeln.
Obwohl ich wach bleiben wollte, schlief ich schnell ein. Doch mitten in der Nacht weckte mich die Katze Elefant. Auf die war Verlass! Wie in der Nacht davor sprang sie auf mein Bett, lehnte ihren Kopf gegen meine Schläfe und fing an, mit mir zu sprechen.
Mamas Frage, ob die Katze auf Deutsch sprach, hatte mich ein wenig beschäftigt, muss ich zugeben, und ich versuchte, herauszufinden, ob es Deutsch war, was ich in meinem Kopf

hören konnte. Tatsächlich sprach die Katze Elefant nicht auf Deutsch. Auf Englisch aber auch nicht, und auf Französisch oder Chinesisch oder sonst was erst recht nicht, was ich sowieso nicht kapiert hätte. Sie schickte mir sozusagen Gedankenpakete. Ich konnte sie aber problemlos öffnen, und es sprangen sofort Bilder, Gefühle, Ideen heraus, die sich sozusagen ins Deutsche übersetzen ließen. In dieser Nacht, ich kann mich immer noch sehr genau daran erinnern, sagte mir die Katze Elefant, dass sie mich sehr gerne hatte, dass sie sich dafür bedankte, dass wir sie aufgenommen hatten, ohne mich hätte es nicht geklappt. Sie erzählte mir auch, ein Mensch hatte versucht, sie zu töten, nicht, weil er böse war, sondern, weil er mit ihr und ihren Geschwistern völlig überfordert war. Ich war entsetzt. Obwohl ich oft überfordert bin, würde ich niemals jemanden töten!

„Freilich“, antwortete die Katze Elefant, „aber für diesen Menschen waren kleine Katzen nicht *jemand*, sondern kleine Mäuler, die früher oder später hätten gefüllt werden müssen und überhaupt Probleme bereiten, verstehst du?“

„Welche Probleme?“, fragte ich.

„Geld kosten, zum Beispiel... Oder alle Vögel aus der Umgebung töten...“

„Würdest du Vögel töten, die dir nichts getan haben?“

„Ja – wenn ich Hunger hätte, auf jeden Fall. Außerdem ist es sehr aufregend, weil's schwierig ist. Schwieriger als zum Beispiel, eine Maus zu fangen."

„Die Mama hat mal gesagt…"

Hugo meldete sich wieder:

„Annika! Kannst du nicht mal fünf Minuten deine große Klappe halten?"

„Halt' die Schnauze, Trottel", knurrte ich.

„Gut", sagte Hugo, „ich erzähl's morgen den Eltern."

„Erzähl's, wem du willst, du Arsch", antwortete ich, „das ist mir scheißegal."

Ich wollte mich weiter mit der Katze Elefant in Ruhe unterhalten, und die war bestimmt nicht so ein Dummkopf wie mein kleiner Bruder, der mich daran hindern wollte, aber echt. Die Katze Elefant erklärte mir aber, ich könnte, genauso wie sie, ohne Worte mit ihr reden, so dass wir meinen kleinen Bruder nicht stören würden.

„Wie – so?", fragte ich in Gedanken. Kaum hatte ich diese Frage gestellt, kam schon die Antwort:

„Genau! Was wolltest du also sagen?"

Ich hatte es völlig vergessen.

„Du sagtest, die Mama hat mal gesagt…"

„Ach so, ja – sie sagte, Jagen ist das Spiel der Katzen oder so was."

„Sie hat vollkommen Recht", antwortete die Katze Elefant. „Na

ja... Eigentlich ist Jagen unser *Job*, doch um sicher zu stellen, dass wir Katzen ihn eifrig erledigen, hat die Natur es so eingerichtet, dass es uns auch einen Wahnsinnsspaß macht."
„Und was ist mein Job?", fragte ich.
„Glücklich zu sein", antwortete die Katze Elefant ohne zu zögern.
„Glücklich zu sein?", wiederholte ich.
„Richtig. Glücklich zu sein", bestätigte sie.
„Das ist mein Job, ohne Witz?"
„Das ist der Job der Menschen", erklärte sie mit einem komischen Unterton, „aber die Wenigsten wissen das. Schade eigentlich, denn das ist der absolute Traumjob."
Obwohl sie nicht richtig sprach – ihr wisst, sie schickte statt dessen Gedankenpakete -, hörte es sich für mich fast so an, als ob die Katze Elefant plötzlich ein bisschen traurig gewesen wäre. Die Gedankenpakete, die ich gerade bekam, waren irgendwie hellgrau oder hellgrün gefärbt, ich kann es nicht anders beschreiben.
„Schlaf' jetzt", sagte sie mit ihrer normalen Sprechfarbe, „ich komme nächste Nacht wieder."

7.

Am Sonntag, als wir gerade mit dem Mittagessen fertig waren, klingelte das Telefon. Papa hob ab, sagte nur „ja… ja… ja… ja…, ja wir sind da, ja… Sportplatzstraße, Hausnummer 22“, und schon wusste ich, die Person am Telefon hatte die Fotos von der Katze Elefant gesehen, die Papa bei der Tankstelle angebracht hatte, und kam jetzt, um meine Freundin zu holen. Doch da erinnerte ich mich an den Gedankenpaketeaustausch der letzten Nacht, als sie mir erzählt hatte, ein Mensch wollte sie unbedingt loswerden. Ich wurde ruhiger. Wenn der Mensch sie loswerden wollte, würde er bestimmt nicht bei uns zu Hause aufkreuzen, um sie zu sich zu nehmen, oder? Kurz dachte ich, vielleicht hatte der Mensch gesehen, dass sie schwimmen konnte, und er wollte sie jetzt endgültig töten, aber das kam mir komisch vor. Dann aber kam mir ein anderer Verdacht: Ich dachte mir, es könnte sein, dass jemand, der die

Fotos gesehen hatte, die Katze Elefant ganz hübsch fand, was sie ja auch war, und er würde deshalb versuchen, diese kleine, hübsche Katze gratis zu bekommen, indem er ganz frech behaupten würde, *ja ja, genau, das ist meine Katze, die ich verloren habe*... Und, noch schlimmer, Papa würde ihm glauben und nicht mir, seiner eigenen Tochter Annika, wenn ich wiederholen würde, was die Katze Elefant mir gesagt hatte...

Nach nicht mal einer Viertelstunde – Mama war zur Toilette gegangen –, standen ein mageres Mädchen, ein pummeliger Junge und ihre Mutter in unserem Wohnzimmer. Die Mutter hatte eine große Nase und lange, fettige, schwarze Haare. Ihre Stimme war irgendwie kratzig, und wenn sie sprach, hatte ich Lust, mich zu räuspern, damit sie es tut. Sie hielt sich ein bisschen nach vorne gebückt, ihre Knie berührten sich und mit den Händen knetete sie ständig eine kleine Handtasche, die mir fast leid tat.

„Zeige dich jetzt, kleines Kätzchen“, sagte Papa, „wo hast du dich versteckt? Soll ich meine Schuhe und meine Strümpfe ausziehen, um dich mit meinen Zehen anzulocken?“

Die drei fanden den Papa nicht besonders witzig, aber ich weiß warum: Er hätte ihnen von Anfang an erklären müssen, dass die Katze Krieg gegen seine Zehen führte. Ohne diese Erklärung konnten sie nicht verstehen, warum sein Satz lustig war. Na ja, ein bisschen lustig. Eigentlich war’s peinlich, zumal der Papa lächerliche Geräusche mit dem Mund, der Zunge und den Lippen machte. Geräusche, von denen nicht nur er zu glauben schien, Katzen kommen angerannt, wenn sie sie hören, wisst ihr? So: *ks ks, tz tz, mizi mizi, jaow jaow, mi mi, tstt tstt, frt frt.* Aber Erwachsene machen diese Geräusche auch mit Kindern. Kein Wunder, dass kleine Kinder so blöd wie mein Bruder Hugo sind.

Lange Rede, kurzer Sinn: Nach fünf Minuten *ks ks, tz tz, mizi mizi, jaow, jaow, mi mi, tstt tstt, frt frt,* hatte die Katze Mitleid mit dem Papa, und kam aus dem Küchenschrank, wo sie sich, wie Mama später feststellte, mit einer Maus beschäftigt hatte.

„Nee“, sagte der pummelige Junge sofort, „das ist sie nücht. Das ist sie nücht.“ Er redete so.

„Nee“, sagte die Mutter. „Nee. Das ist eine andere. Wir haben unsere bei unserem Umzug verloren.“

„Das ist sie nücht“, wiederholte der Junge.

„Tut mir leid“, log Papa. „Sie sind also in unsere kleine Stadt gezogen... Was hat sie hierher verschlagen, wenn ich fragen darf?“

„Die Arbeit“, sagte die Mutter. „Ich hab eine Stelle hier gefunden, versteh‘n Se...?“

„Ach so“, sagte Papa, „Sie werden sehen, hier lebt es sich ganz angenehm, das ist nicht so hektisch wie in einer

Großstadt, und jeder kennt jeden, was freilich genauso viele Vor- wie Nachteile mit sich bringt. Wo kommen Sie denn her?"

„Wir haben im Süden gewohnt. Dann gehen wir, gell", sagte die Mutter.

Mama kam von der Toilette zurück, man hatte die Spüle ganz genau gehört.

„Nehmen Sie doch Platz", sagte sie, „wir sind erbärmliche Gastgeber, ich sehe, mein Mann hat ihnen nichts zum Trinken angeboten. Würden Sie uns die kleine Freude machen, einen Kaffee oder einen Tee mit uns zu trinken? Ich wollte gerade..."

„Nee, nee", unterbrach sie die Mutter, „nee, danke, nee – wir fahren heim, gell!"

Da fragte das magere Mädchen:

„Sie ist aber ganz hübsch –, können wir sie nicht trotzdem haben?"

„Geht's noch? Bist du bescheuert?", fragte ich – nein, ich schrie es.

„Annika", sagte Papa sehr überrascht, „hast du noch alle Tassen im Schrank?"

„Die Katze ist meine Freundin und sie bleibt hier!", antwortete ich.

„Ja ja, ist klar, nee, gell, also, nee", sagte die Mutter.

„Du bist dick", sagte das magere Mädchen.

„Hey Alter, leck' mich doch", antwortete ich.

„Annika, du hast nicht alle Schranken in der Tasse“, sagte Hugo, er hat den Spruch nicht drauf, dieser Blödmann.
„Wir gehen, oooh, wir gehen, nee, gell Kevin, komm, oooh, nee, gell, Britney, komm!“, sagte die Mutter, und zwar so, als ob das alles sehr lustig wäre, dabei wrang sie ihre arme Handtasche aus, ich dachte schon, bald gibt’s eine Wasserpfütze in unserem Wohnzimmer.
„Nee, das ist sie nücht“, wiederholte der Junge zum dreißigsten Mal.
„Tatsächlüch“, sagte ich.
Papa schaute völlig entsetzt zu mir herüber. Na ja, entsetzt passt nicht hundertpro. Er sah entsetzt aus, aber irgendwie war er auch belustigt. Abgesehen davon fand ich, diese Mutter hatte schon einen guten Einfall gehabt, indem sie ihren Weggang angekündigt hatte, allerdings ließ die Durchführung auf sich warten. Ich hatte schon Lust, „Wird’s bald?“, zu fragen. Der pummelige Junge schwitzte ein wenig. Ich war mir sicher, bald würde er stinken.
„Mama, wir gehen jetzt“, sagte das magere Mädchen, und zog ihre Mutter am Ärmel Richtung Tür. Endlich. Meine Freundin, die Katze Elefant, einfach so mitzunehmen! So eine Frechheit!
„Was ist denn los mit dir, Annika?“, fragte Papa, als sie weg waren. Er ging in die Hocke. Seine Ellbogen ruhten auf seinen Schenkeln. Er hörte sich etwas besorgt an.

„Wo hast du diese Gossensprache gelernt?“

„Ach“, antwortete ich, „Scheiß drauf!“

„Mein Gott!“, sagte Papa laut zu Mama, die in der Küche wortlos die Spülmaschine ausräumte, „wir müssen die Fernsehdosis drastisch reduzieren!“

„Ja, bitte, von mir aus“, sagte ich. Gegen die Katze Elefant konnte kein Programm konkurrieren. „Und wenn es nach mir geht, liege ich heute Abend schon um neun im Bett.“

„Tatsächlüch?“, sagte Papa.

Aus der Küche kam ein Lachanfall. Papa versuchte, streng zu wirken, aber seine Mundwinkel zitterten immer stärker. Selbst schuld. Er muss wissen, was er will: entweder mit mir schimpfen oder witzig sein. Mama kam aus der Küche.

„Schwamm drüber“, sagte sie, „aber in Zukunft, Annika, wäre ich Dir sehr verbunden, wenn du unsere Besucher nicht wüst beschimpfst, einverstanden?“

„Ja“, versprach ich, „aber nur, wenn die Besucher die Katze Elefant in Ruhe lassen.“

Papa hatte sich aufgerichtet. Er schüttelte den Kopf. Ausnahmsweise verstand ich nicht, was es zu bedeuten hatte. Mama tätschelte ihm die Schulter.

„Ich glaube, um unsere Tochter braucht sich keiner Sorgen zu machen“, erklärte sie.

„Und um mich?“, fragte mein kleiner Blödmann-Bruder.

„Um dich auch nicht, mein kleines Hähnchen", beruhigte ihn Papa.

„Sie ist aber dick", sagte Hugo. „Und sie hat nicht alle Schranken in der Tasse."

„Ich scheuere dir gleich eine, Hähnchen", sagte ich.

Mama seufzte.

„Ich hatte eine andere Vorstellung von Familienidylle", sagte sie zu Papa.

„Nichts passiert, wie man es sich erhofft hat, aber auch nicht, wie man es gefürchtet hat", antwortete Papa, dabei zog er die Augenbrauen hoch.

„Wer hat das gesagt?", fragte Mama, „das ist ein kluger Satz."

„Irgendein Franzose."

Ich beschloss, mir den Satz zu merken, denn man weiß nie: in Deutsch kannst du oft solche Klugscheiß-Anfälle gut gebrauchen, das kommt bei der Lehrerin supergut an. Den Rest des Tages konnte ich in Ruhe auf die nächste Begegnung mit der Katze Elefant warten.

8.

Mein freundliches, ja großzügiges Angebot, schon um neun im Bett zu liegen, hatten die Eltern angenommen. Ich lag also unter meinen drei Decken – ich muss immer jede Menge Decken über mir haben –, und dachte über das nach, was mir die Katze Elefant gesagt hatte, nämlich, dass mein Job "glücklich zu sein", war.

Wenn "glücklich zu sein", mein Job war, hatte ich heute gut gearbeitet? Ehrlich gesagt: nein. Aber was hätte ich machen sollen, als diese blöde Bohnenstange die Katze Elefant mitnehmen wollte? Und noch dazu hatte sie mir gesagt, ich bin dick!

Das stimmte aber. Ich war dick und hässlich. Und diese Zicke war nicht die erste, die das zu mir sagte. In der Schule hatte ich ein Abo auf Pöbeleien. Das passierte übrigens meistens, wenn ich gute Noten bekommen hatte, und ich bekam sie eigentlich oft, wenn ihr alles wissen wollt. Normalerweise gab ich keinen Mucks von mir, wenn man mich ärgerte. Die anderen drohten mir Prügel an, oder sagten einfach böse Sachen zu mir, und entweder schwieg ich, oder noch schlimmer, ich lächelte. Ihr habt gedacht, ich hätte eine große Klappe? Zu Hause schon. In der Schule, das war eine ganz andere Story. Ich hasste mich dafür, dass ich lächelte, wenn man mich anpöbelte, aber ich wusste auch nicht, was ich dagegen tun konnte. Ich war wie gelähmt. Oder –, es war so, als ob ich auf dem Fahrrad unterwegs wäre und es käme eine Gabelung: nach rechts den Berg runter direkt in einen Schlund und nach links den Berg hoch zu einem schönen Aussichtsturm. Und immer zog es mich nach rechts runter, weil die Spur, in der mein Rad rollte, sehr tief war, und ich hatte Angst zu fallen, wenn ich versuchen würde, mit einem Ruck aus dieser Spur herauszufahren – wisst ihr, was ich meine?

Noch was möchte ich dazu schreiben, dann lass' ich euch mit meinen kleinen Problemchen in Ruhe. Und zwar – es wird sich jetzt total komisch anhören, aber irgendwie war ich damit einverstanden, dass man mich schlecht behandelte, ich fand's nicht ungerecht. Verrückt, oder? Ich hoffe, ihr denkt jetzt nicht, „völlig bedeppert, die Annika“. Ich glaube, für mich war es eine Art Ausgleich dafür, dass ich bessere Noten schreibe, dass ich ein bisschen klüger als die anderen bin. Ich weiß nicht. Vielleicht bin ich ja auch gar nicht viel klüger. Ach, keine Ahnung.

Natürlich wussten die Eltern nichts davon. Ich erzählte, in der Schule sei alles bestens, ich verstünde mich mit jedem blendend, und die Eltern glaubten das. Erstaunlich, wie sich die Eltern täuschen lassen. Ich erfand beste Freundinnen – na gut, manchmal hatte ich tatsächlich Freundinnen, die ich sofort nach Hause holte, ein bisschen wie der Papa, wenn er uns die Pokale zeigte, die er bei Tennisturnieren ab und zu gewann. Außerdem wusste ich ganz genau, manche waren mit mir befreundet, weil sie Mitleid hatten, und sie wollten sich nett fühlen. Andere wiederum waren mit mir befreundet, weil ich ihnen bei den Hausies helfen konnte.

Einerseits war ich erleichtert, dass die Eltern mir alles abnahmen, andererseits war ich sauer, dass sie nichts blickten. Im Grunde hätte ich mir gewünscht, dass sie Bescheid wüssten. So hätten sie mir helfen können. Aber auch das ist Quatsch mit Sauce, denn ich mag es nicht unbedingt, wenn man mir hilft. Ich muss ein hoffnungsloser Fall sein. Aber das nervt, wenn einer dir hilft, um sich danach toll zu fühlen. Das nervt, sage ich euch. OK, bei den Eltern ist es anders, gebe ich zu. Die wollen dir wirklich helfen, und wie sie sich selber dabei oder danach fühlen, das ist denen scheißegal.

Jedenfalls war ich nicht voll begeistert, wenn ich in die Schule gehen musste. Doch da wir schon Sonntagabend hatten, war klar, was mir in ein paar Stunden blühte. Ich würde in den Krieg ziehen und ich wusste schon, den Kampf würde ich verlieren. Eine würde mich „Hey Dicke!" rufen, und ich würde lächeln.

Tag für Tag. Woche für Woche. Ich spürte, wie mir die Tränen kamen. Schnell kroch ich unter die Decken, damit Hugo mich nicht hören konnte, und fing an zu weinen.

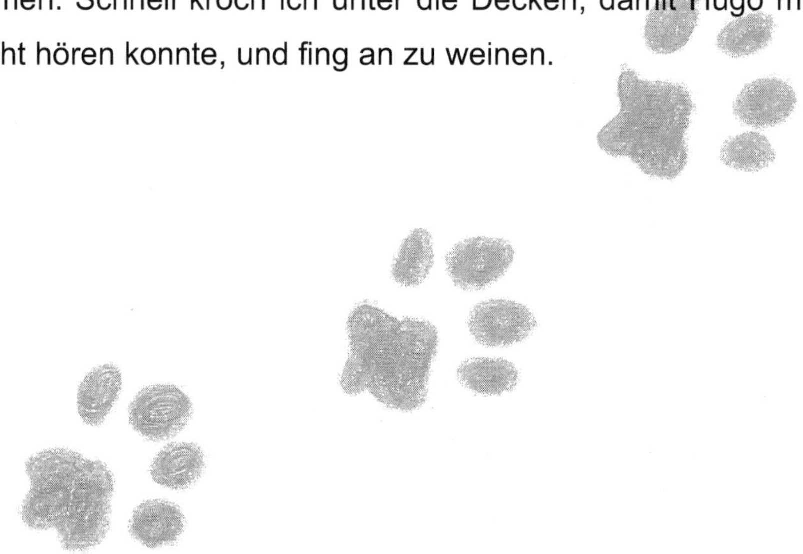

9.

Irgendwann wachte ich auf – ich weiß nicht, wann ich aufgehört hatte zu weinen und wann ich eingeschlafen war. Ich stand auf und ging zur Tür. Es war ganz dunkel, weil kein Lichtstrahl unter der Tür den Boden erhellte, aber auch ohne irgendetwas zu sehen, wusste ich, wo die Tür war und wie ich dorthin kam: ich musste nur an meinem Bett entlanglaufen, dann die rechte Hand ausstrecken, sie auf meinem Kleiderschrank bis zur Kante und dann weiter Richtung Wand gleiten lassen. Dann spürte ich den Lichtschalter, aber ich ignorierte ihn und fand die Türklinke direkt links daneben.

Ich stand jetzt im Flur und es war ganz still. Waren die Eltern noch nicht im Bett, hörte ich meist etwas: ihre Stimmen, die elektrische Zahnbürste (das Geräusch fand ich eklig), oder die Klospülung.

Stattdessen hörte ich nur ein Geräusch, von dem ich nicht

sagen konnte, ob es in meinen Ohren oder außerhalb war. Kennt ihr das? Es ist fast unmöglich zu beschreiben (na ja, ich will’s trotzdem versuchen, wie ihr seht): Es ist wie ein Piepsen, aber sehr tief. Es füllt die ganze Nacht, aber gleichzeitig ist es nirgends. Normalerweise hört man es nicht, und doch ist es unglaublich laut. Andererseits stört es gar nicht.

Die Rollläden waren zwar geschlossen, aber das Licht der Straßenlaterne kam durch die Ritzen durch, und so sah ich ganz gut, was um mich herum war. Die Tür des Bades, der Toilette und des Wohnzimmers, die Treppe, den Schuhschrank.

Ich wusste überhaupt nicht, was ich im Flur wollte. Eigentlich hatte ich keinen Durst, Pipi musste ich auch nicht – dann erinnerte ich mich plötzlich:

„Katze Elefant! Wo bist du?“, flüsterte ich.

Keine Antwort. Ich öffnete die Wohnzimmertür, rief noch einmal, wieder keine Antwort. Im Bad war sie nicht, also stieg ich die Treppe Richtung Elternzimmer hinauf. Oben war von der Katze Elefant keine Spur. Ich ging wieder runter, öffnete die Haustür, streckte den Kopf nach draußen, schaute – nichts auf der Straße, was an eine Katze hätte erinnern können. Ich schloss die Tür leise. Meine Füße waren eisig kalt. Ich fror von unten nach oben. Dann hörte ich ihr Miauen.

„Wo bist du denn?“, flüsterte ich.

Sie miaute. Ich bildete mir ein, dieses Miauen hörte sich belustigt an.

„Wo bist du?“, wiederholte ich.

„Miau. Hi hi hi.“

Ich folgte den Miaus. Die Katze Elefant lag zusammengerollt auf meinem Bett, direkt neben meinem Kopfkissen. Sie gähnte und streckte sich.

Eilig schlüpfte ich unter die Decken, die zum Glück noch warm waren. Sofort lehnte die Katze ihren Kopf an meine Schläfe. Ihr Fell roch wahnsinnig gut. Der Geruch ließ mir die Spucke im Mund zusammenlaufen.

„Ich hab dich überall gesucht“, sagte ich im Kopf fast vorwurfsvoll.

„Ich war die ganze Zeit da. Du hast tief und fest geschlafen, ich wollte dich nicht wecken. Und dann bin ich auch eingeschlafen.“

„Ich habe geweint“, sagte ich.

„Ich weiß. Ich weiß auch, warum.“

„Ich will morgen nicht in die Schule.“

„Das wirst du aber müssen, oder?“

„Ja, schon“, antwortete ich nach einer Weile.

„Pass auf, Liebling, wir werden das Problem mit den anderen Schülern und den Zicken sehr schnell lösen“, erklärte die Katze Elefant. Das hörte sich nun anders an als das, was sie sonst gesagt hatte. Dieses Gedankenpaket war größer, wichtiger.

„Wie denn?“ Auf einmal verspürte ich eine wahnsinnige Aufregung.

„Was, glaubst du, würde eine Katze wie ich in deiner Lage tun?“

Ich wusste es nicht.

„Ganz einfach, Annika: ich würde hingehen, und wehe, wenn eine andere Katze auf die seltsame Idee kommen würde, mich zu ärgern.“

„Was würde dann passieren?“

Die Katze Elefant antwortete nicht sofort. Dann sagte sie mit einem ernsten, fast strengen Ton in ihrem Gedankenpaket:

„Ich werde dir beibringen, dich zu schlagen.“

10.

Ich protestierte:

„Ich hab mich nie geschlagen! Ich kann es gar nicht!“

Das Gute bei dem Sprechen Kopf an Kopf mit der Katze Elefant ist, oder besser gesagt eine der guten Seiten ist, dass du nichts verbergen kannst. Na ja, wenn du etwas verbergen möchtest, ist es schon blöd. Aber ich empfand es als Erleichterung, dass die Katze Elefant sofort wusste, was ich wirklich dachte. Und so antwortete sie:

„Am liebsten würdest du sofort mit dem Training anfangen.“

Das stimmte hundertpro.

„Ich habe aber Angst.“

„Das“, sagte sie mit einer guten Laune, die ich in meinem Bauch fühlen konnte, „ist erstens normal, zweitens wünschenswert.“

Manche unter euch werden bestimmt motzen, nach dem Motto

„Hey Annika, deine Katze Elefant, die hat aber einen großen Wortschatz, oder?“ Natürlich benutzt die Katze Elefant solche Wörter nicht. Sie denkt sozusagen in ihrer Sprache, sagen wir mal in Kätzisch, und dann übersetze ich die Gedankenpakete, die sie mir schickt, ins Deutsche. OK, ich gebe zu, das Wort *wünschenswert* hatte ich erst vor kurzem in einer Frauenzeitschrift von Mama namens *Cosmopolitan* oder so gesehen und ich will ein bisschen damit protzen. Protzen muss ab und zu sein, finde ich. Doch garantiere ich, dass das Wort dem am nächsten kommt, was die Katze mir in diesem Gedankenpaket schickte.

„Wünschenswert“, wiederholte ich, und bewegte dabei die Lippen. In meinem Kopf schwirrten mehrere Fragen herum. Doch ich musste mit einer anfangen.

„Wie schlägt man sich?“, fragte ich.

Mein Herz schlug schneller. Mir war auf einmal sehr warm.

„Wir brauchen Licht“, sagte die Katze Elefant. „Gehen wir ins Wohnzimmer und zünde bitte eine Kerze an, so werden wir deine Eltern nicht wecken.“

Ich stand auf, die Katze Elefant sprang vom Bett. Sie schnurrte. Ich liebte ihr Schnurren!

Ich wusste nicht, wo Mama die kleinen Kerzen verstaute, die sie unter dem Stövchen anzündet, auf das sie ihre Teekanne setzte, wenn Besuch kam. Aber ich erinnerte mich, dass sie dem Papa eine Art Öllampe zum Geburtstag geschenkt hatte, die er auf dem Fensterbrett vergessen hatte, und die Kerze von der Lampe, die war noch ganz neu – das hatte ich bemerkt, denn es tat mir für die Mama leid, dass er ihr Geschenk einfach so vergessen hatte. Andererseits fand ich auch, sie hatte sich mit dieser Öllampe wenig Mühe gegeben! Allerdings waren dem Papa Geschenke sowieso egal. Er konnte dir geile Geschenke machen oder er konnte solche erhalten, irgendwie ließ ihn das kalt. Er erwartet nicht, dass die Mama oder Hugo oder ich dankbar sind, und er ist auch nicht dankbar. Der Papa ist ein ziemlich unkomplizierter Typ. Bei der Mama bin ich mir nicht ganz so sicher. Mein Bruder ist sowieso ein Trottel. Aber er ist noch klein. Ist er einmal groß – wird er vielleicht ein großer Trottel. Nee, ich scherze.

„Miau?"

„'Tschuldigung", antwortete ich leise, „ich träume".

Die Öllampe war aus weißem Porzellan und sehr kalt. Ich stellte sie auf den Esstisch, den Mama zum Glück aufgeräumt hatte. Um die Kerze anzuzünden, holte ich die langen Streichhölzer, mit denen Papa Feuer im Holzofen macht. Er bewahrte sie in einer Schachtel auf, die sich im Regal befand, wo seine CD-Sammlung vor sich hingammelte.

Mir gelang es auf Anhieb, die Kerze anzuzünden. Ich musste drei Mal ganz stark pusten, damit die Flamme des

Streichholzes ausging. Der Rauch stank ein bisschen, vielleicht würden Papa und Mama etwas merken. Mama vor allem, sie hatte eine gute Nase. Aber ich würde die spielen, die überhaupt nicht weiß, wovon gerade geredet wird.

Das Licht flackerte, aber irgendwie war es cool. Die Katze Elefant sprang auf einen Stuhl und dann auf den Tisch. Ich kniete mich hin, damit unsere Köpfe auf der gleichen Höhe waren.

Sobald unsere Köpfe sich berührten, erhielt ich folgendes Gedankenpaket:

„Zuallererst muss du etwas wissen, Annika: Die meisten Lebewesen, die wie wir einen Kopf, eine Nase, zwei Augen, zwei Ohren und vier Pfoten haben, kämpfen nicht, um dem anderen wehzutun, und noch weniger, um ihn zu töten, sondern natürlich, um ihn zu essen. Das gilt allerdings nur, wenn wir es mit einem normalen Wesen zu tun haben. Doch unter euch Menschen laufen leider nicht wenige Gestalten rum, die nicht ganz bei Sinnen sind. Genau die aber sind hochgefährlich. Ich werde dir beibringen, diese Gestalten auszuschalten."

Mein Herz schlug schnell und stark. Ich hatte das Gefühl, gleich platze ich vor Spannung. Die Katze Elefant fuhr fort:

„Hast du eine ausgeschaltet, werden die anderen dich in Ruhe lassen, weil sie obendrein feige sind. Doch um sie auszuschalten, so traurig das sein mag, müssen wir unsere Hemmungen, dem anderen wehzutun, vorübergehend vergessen. Der Grund ist der: diese blöden Gestalten machen sich weiß, dass, wenn sie böse zu dir sind, sie nur Spaß machen. Zumindest ist es am Anfang so. Wenn man sich nicht wehrt, werden sie immer böser, aber am Anfang finden sie ihre Bosheit nur sehr witzig. Das hat zur Folge, dass sie – ich wiederhole: am Anfang – nicht auf einen Kampf auf Leben und Tod eingestimmt sind. Verstehst du?"

„Ich glaube, ja."

„Ich sage es noch einmal, denn das ist extrem wichtig: Zu Beginn ihrer bösartigen Streiche, wollen sie – sich selbst und den anderen – weiß machen, es gehe nur um Spaß. Du aber, als Opfer, weißt ganz genau, dass es gar nicht um Spaß geht. Folgst du mir, Annika?"

„Ja."

„Darin liegt dein Vorteil. Es ist ein riesiger Vorteil. In dem Moment, wo einer dir böse will, wirst du um dein Leben kämpfen, während der andere damit beschäftigt ist, die Illusion aufrecht zu erhalten, er mache nur Spaß. Er hat keine Chance."

„Ich verstehe. Ich verstehe. Ich verstehe."

Ich zitterte am ganzen Körper.

„Derjenige, der um sein Leben kämpft, ist natürlich ein enorm besserer Kämpfer, als der, der blöd grinst. Und wer, wie du wiederholt Opfer ist, kämpft tatsächlich um sein Leben. Um die Kontrolle über sein Leben zu behalten. Um nicht in Angst leben zu müssen. Um nicht in Panik geraten zu müssen, wenn er in die Schule muss. Verliert er, ist er seiner Lebensfreude beraubt. Kapierst du?“

„Oh ja.“ Und wie ich kapierte.

„Möchtest du, dass ich dir zeige, wie du sehr, sehr schnell, jemandem sehr, sehr wehtun kannst? So dass keiner sich je wieder erlaubt, dir respektlos zu begegnen?“

„Ja! Ja! Ja! Ich will das!“

Diesmal schrie ich lauthals. Fehler.

„Ins Bett, schnell“, befahl mir die Katze Elefant per gedanklichem Eilgut.

Wir rannten. Noch hatten wir meine Tür nicht erreicht, als das Licht angeschaltet wurde und Mama rief, während sie die Treppe hinunterlief:

„Annika? Was ist los? Annika? Warst du das? Was ist los?“

Mama platzte in mein Zimmer ungefähr fünf Sekunden nach uns. Die Katze Elefant war unter meine Bettdecke gekrochen.

„Mama“, sagte ich, „ich hab was geträumt!“

„Dachte ich mir, Liebes. Ist gut, jetzt, schlafe, meine liebe, meine schöne, meine wunderbare kleine Tochter.“

Sie schloss die Tür hinter sich. Scheiße, dachte ich. Die Kerze.

11.

Wieder dauerte es ungefähr fünf Sekunden, bis Mama die Tür öffnete und fragte:

„Annika? Wer hat diese Kerze angezündet?"

„Mmmmmhh?", murmelte ich.

„Die Kerze auf dem Esstisch... Wer hat sie angezündet? Du? Oder dein Bruder etwa?"

Ich tat so, als ob ich schon halb schlafen würde, und sagte:

„Mmmmhhh... Die Katze..."

„Die Katze? Na klar."

Ich schloss die Augen und drehte mich zur Wand, um glaubwürdiger zu wirken.

„Die Katze... wollte mir etwas erklären... Also... haben wir... die Kerze angezündet..."

Also, ohne falsche Bescheidenheit, ich muss schon sagen, diese Aussage von mir, und die vielen Seufzer mittendrin, als

ob ich halb schlafen würde, also tut mir leid, aber das war echt gut gemacht. Die Mama antwortete nicht sofort. Nach einer Weile sagte sie leise und langsam, mehr zu sich:
„Ach du Scheiße!“, und verschwand, nachdem sie die Tür lautlos hinter sich geschlossen hatte.
Ich hatte ein bisschen ein schlechtes Gewissen, muss ich zugeben, denn das hatte sich angehört, als ob sie sich auf ein mal Sorgen machen würde. Ich mochte es nicht, wenn man sich Sorgen um mich machte. Na ja, egal. Die Katze Elefant tauchte auf (sie hatte sich unter meiner Bettdecke verkrochen, ihr wisst ja), kam zu mir, und dann die gleiche Prozedur mit den Köpfen, inzwischen wisst ihr Bescheid. Doch dann, anstelle mir weiter zu erklären, wie ich den Dummköpfen in der Schule sehr weh tun konnte, schickte sie mir ein Gedankenpaket, das sich so anhörte:
„Verschieben wir das Ganze auf die nächste Nacht, denn du bist jetzt zu aufgeregt, um das richtig aufzunehmen, was ich dir sagen will, außerdem müssen wir etwas sehen, um üben zu können... Ich muss mir etwas einfallen lassen...“
Ich protestierte:
„Aber das eilt furchtbar! Schon morgen, nein, schon in ein paar Stunden muss ich in die Schule! Die werden mich wieder... wieder...“
Ich wollte die Wörter nicht aussprechen, keine Ahnung,

warum.
„Ach so...“, antwortete die Katze Elefant... „Ja, gut. Zieh’ dich warm an, und leise bitte! Diesmal kein Geschrei!“
Ich stand auf, Hugo drehte sich in seinem Bett und sagte sehr langsam, als ob er einen dicken Kaugummi im Mund gehabt hätte:
„Waaaas... maaachts... Aaaannniiiika?...“
„Miau“, sagte die Katze Elefant leise. Ich verstand, dass sie mir etwas mitteilen wollte. Ich kniete mich zu ihr hinunter. Sie stellte sich auf ihre Hinterpfoten und legte die vorderen auf meinen linken Oberschenkel. Unsere Köpfe berührten sich.
„Kümmere dich bitte nicht um ihn, antworte ihm bitte nicht.“
„Alles klar“, war mein eigenes Gedankenpaket.
Ganz nebenbei bemerkt: Ist euch aufgefallen, wie höflich die Katze Elefant zu mir spricht? Immer „bitte“. Na gut, die Eltern sind auch höflich. Wobei – manchmal sind sie nicht höflich zu mir und manchmal auch nicht zueinander. Jedenfalls beschloss ich, in Zukunft genauso höflich zu sein – nicht nur mit der Katze selbst, das war ich sowieso (denke ich mal), sondern auch mit den anderen Tieren insgesamt und sogar mit den Menschen, sofern sie mir keinen Grund geben, unhöflich zu ihnen zu sein. Doch zurück in mein Zimmer: Obwohl mein Zimmer stockdunkel war, lief ich schnurstracks zu meinem Klamottenschrank, öffnete ihn, die Tür quietschte, Hugo

machte ein lustiges, lautes Geräusch mit der Nase, das sich so wie „Hroonch“ anhörte, ich kicherte (aber nicht zu laut). Auf dem ersten Regal ertastete ich meine Socken (ich hoffe, das Wort „ertasten“ erfinde ich nicht gerade), meine Höschen und die T-Shirts. Eins höher fand ich die Wintersachen. Ich wusste, oben musste mein von Mama zusammen gefalteter Skianzug liegen, weil ich ihn eine Woche zuvor anhatte, als wir Schlitten gefahren waren. Und da war er auch. Ich zog ihn an, wobei es in der Dunkelheit eine Weile dauerte, weil ich die Beine von den Ärmeln nicht unterscheiden konnte und ich musste mehrmals von vorne anfangen. Das war ein bisschen nervig, aber gut, Papa sagt immer wieder „wenn die Dinge zu einfach sind, machen sie keinen Spaß“. Eigentlich sagt er etwas, das sich wie „Noriesknofann“ anhört, er hat mir gesagt, es sei ein englischer Spruch, den Sinn hat er mir auch erklärt: wie ich gerade geschrieben habe, heißt der Spruch „wenn die Dinge zu einfach sind, machen sie keinen Spaß“.
Meine Hausschuhe lagen unter meinem Bett, ich fand sie problemlos. Nun war ich warm angezogen und wollte der Katze Bescheid sagen, konnte sie aber nicht sehen.
„Wo bist du denn?“, flüsterte ich.
„Miau.“
Sofort spürte ich ihr Gewicht gegen mein Bein drücken. Ich kniete mich wieder hin, erneut berührten sich unsere Köpfe.

„So, sei so gut, mach' die Zimmertür auf und folge mir. Wir werden in den Garten gehen. Aber bitte ohne ein Geräusch."

12.

Die Eltern hatten die Tür zum Garten verriegelt. Es war nicht leicht, die Schlösser zu drehen, ohne dass sie quietschten, aber zum Schluss gelang es mir. Der Garten war ziemlich klein, ungefähr dreimal wie unser Wohnzimmer, vielleicht, höchstens viermal. Nur ein niedriger Zaun, nicht höher als meine Knie, trennte ihn von der Straße. Rechts von der Katze Elefant und mir, in die Erde gesteckt, stand eines dieser bunten Dinger mit Blättern, die sich im Wind drehen, und von denen die Eltern glauben, wir Kinder legen Wert darauf, so was im Garten zu haben. In dem Moment bewegte es sich allerdings gar nicht.

Und nun stellt euch vor: es ist mitten in der Nacht, du bist angezogen wie fürs Schlitten fahren, hast aber Hausschuhe an. Ganz schön lächerlich. Aber na ja, du willst was lernen. Zum Glück war es sehr spät und kalt, so würde mich niemand sehen, vor allem kein Mitschüler, denn ansonsten war der Mond fast voll, weshalb es mit der Unauffälligkeit ziemlich schlecht bestellt gewesen wäre! „Miau“, sagte die Katze Elefant.

Ich kniete mich hin, um mein Gedankenpaket zu erhalten. Darin befand sich dies:

„Ist dir aufgefallen, dass deine Hand und meine Pfote Ähnlichkeiten haben? Du hast fünf Finger und ich habe fünf Krallen. Meine Krallen sind zwar nicht exakt an den gleichen Stellen wie deine Finger, aber ich habe trotzdem vier Krallen vorne und eine Art Daumenkralle hinten, macht also fünf. Außerdem sind deine Nägel und meine Krallen aus dem gleichen Material. Wenn du etwas festhalten willst, nimmst du es in die Finger und schließt sie. Das ist das, wozu deine Finger gut sind, ja? Wenn ich etwas festhalten will, mache ich ein bisschen das Gleiche, ich fahre meine Krallen aus, nur, dass ich es nicht ganz genau so machen kann, wie du mit deinen Fingern. Allerdings gibt es noch etwas, wozu ich meine Krallen benutze. Zum einen kann ich mich damit sehr gut an Bäumen festhalten und drauf klettern, aber das ist nicht das Wichtigste. Das Wichtigste ist: Wenn ich mich verteidigen, jemanden bestrafen oder einem Hund, einer anderen Katze oder wem auch immer, eine auswischen will, fahre ich sie aus, und wehe, wenn der Hund oder die andere Katze sich nicht schnell genug zurückzieht. So, und jetzt schau mal, wie meine Krallen raus und rein gefahren werden, siehst du?“

Die Katze Elefant hob ihre rechte vordere Pfote hoch zu meinem Gesicht und spielte mit ihren Krallen, ohne dass unsere Köpfe den Kontakt verloren.

„Rein, raus, rein, raus. Siehst du? Sie sind sehr spitz und messerscharf. Raus... Rein... Raus... Und rein. Das sind sehr gefährliche Waffen. Und jetzt stell dir vor: du hättest auch fünf Krallen, genauso scharf und spitz wie meine. Fahre sie auch raus und rein. Los, fahre sie raus, los, mach!“

„Wie denn das?“, fragte ich.

„Strecke einfach deine Finger. So. Und dann beuge sie sehr schnell, als ob du einen Ball fangen müsstest, achte nur darauf, dass die Spitzen der Finger sich nicht berühren. Ja, so. Diese Bewegung ähnelt sehr meiner, wenn ich sie rausfahre. Schön, das machst du sehr gut.“

Meine Finger waren sehr kalt, ich konnte sie deshalb nicht so schnell bewegen, aber ich hatte kapiert, was die Katze wollte. Ich fuhr die Finger von jeder Hand mehrmals raus und rein.

„Du brauchst sie nicht so schnell rauszufahren wie ich, Hauptsache ist, dass du deine Finger so fest gekrümmt hältst, dass sie sich sehr hart und gefährlich anfühlen.“

Ein Auto fuhr auf der Straße. Ich verfolge die roten Lichter mit den Augen, als es sich entfernte, ohne mit dem Raus und Rein aufzuhören.

„Gut, sehr gut! So, Annika, jetzt hast du auch Krallen. Sie sind noch nicht perfekt, aber das ist erst der Anfang, und schon mit diesen Krallen kannst du einiges anstellen, glaube mir. Übrigens, morgen sollst du deine Nägel so schneiden, dass sie ganz spitz werden. Der nächste Schritt ist nun der: Stell' dir den Kopf eines der Kinder vor, die dich ärgern, und wisch ihm eine mit ausgefahrenen Krallen, so, schau, ich mache es dir vor!"

Die Katze Elefant ging zu dem bunten Ding, sprang hoch, versetzte den Blättern einen unglaublich schnellen und kräftigen Schlag mit der Pfote. Das Ding fiel um. Die Katze drehte sich zu mir um und sagte: „Miau!"

Ich kam näher und schaute mir das Ding an. Ein Blatt hatte einen langen Riss.

„Miau!", wiederholte die Katze. Ich brauchte keine Gedankenpakete, um zu wissen, dass das hieß: „Jetzt du!"

Ich hob das Ding auf, steckte es wieder in die Erde, nahm Schwung und versetzte ihm einen Pfotenstoß mit meinen Krallen. Die Blätter drehten sich müde.

„Miau!"

Ich holte wieder aus, diesmal weiter, krümmte die Finger und schlug so kräftig, dass ich mich um meine Achse drehte und das Gleichgewicht fast verlor. Plötzlich hörte ich eine

Männerstimme hinter mir, die lachte. Ich drehte mich um und sah zwei Männer, die auf dem Bürgersteig standen und mich beobachteten. Der andere, der noch nicht lachte, sagte: „Was macht die denn da?“, und fing auch an, zu lachen.

Ich blieb wie angewurzelt stehen.

„Miau“, sagte die Katze Elefant.

Die zwei Männer lachten immer lauter. Ich wusste genau, was sie dachten. Sie dachten: „Guck’ dir dieses dicke Mädchen mit ihrem Ski-Anzug und ihren Hausschuhen an, die um Mitternacht bei minus fünf Grad gegen eine bunte Windmühle aus Papier bierernst kämpft! Ho ho ho! Hi Hi Hi!”

Blödmänner. Trotzdem, ich sage euch: peinlich. Oh, wie peinlich. Megapeinlich. Ich lief ins Haus so schnell ich konnte. Die Mega-Peinlichkeit. Der Peinlichkeitsgau schlechthin. Ich rollte mich zu einem Ball in meinem Bett zusammen, mit dem Gesicht zur Wand. Ich fror. In diesem Moment fiel mir ein, dass die Katze möglicherweise immer noch draußen war und ich fragte mich kurz, ob ich nicht wieder aufstehen sollte, um nach dem Rechten zu gucken. Zum Glück spürte ich sie in meinem Rücken. Sie kletterte auf meine Seite, legte ihren Kopf an meine Schläfe und sagte mir:

„Alles nicht so schlimm, meine kleine Freundin. Morgen sehen wir mal, was sich mit dem neuen Tag machen lässt. Schlaf gut.“

Ich fing an zu weinen, aber nicht, weil ich traurig war, oder wegen der Peinlichkeit von vorhin. Ich konnte nicht genau sagen, warum ich weinte. Vielleicht, weil mir auf einmal bewusst wurde, dass ich mit meiner sehr besonderen Freundin, die auf mich aufpasste, ein unglaubliches Glück hatte - und wenn sie da war, konnte mir in Wirklichkeit nichts Böses passieren. Ich dachte an die Männer, dann an mich selbst und wie ich mit meiner „Pfote" und meinen „Krallen" dem bunten Ding eine strenge Lektion erteilt hatte und, stellt euch vor, während ich schluchzte, musste ich auch lachen – was schließlich dazu führte, dass ich einen Schluckauf bekam, denn bei mir ist es so: Wenn ich gleichzeitig weine und lache, bekomme ich immer Schluckauf. Hugo wachte auf und fragte: „Annika, hast du Schluckauf?", und ausnahmsweise antwortete ich höflich: „Ja, kleiner Bruder, tut mir leid. Schlaf."

13.

Dann kam der Morgen und mit ihm die Mama, die mich weckte. Ist euch aufgefallen, ob er willkommen ist oder nicht, der Morgen kommt immer. Manchmal möchte ich ihm sagen, bleib doch dort, wo du gerade bist! Mach einen Bogen um uns! Haben wir dich jemals bestellt? Oder, da ich jetzt ein höflicher Mensch geworden bin (ihr wisst ja Bescheid): Du brauchst dich nicht zu beeilen, mein Lieber, wir können ruhig warten, du kannst dir Zeit lassen, vor allem, wenn Schule ansteht oder so. Na ja, wenn ein Erwachsener das liest, denkt er bestimmt etwas wie: „Ja, Annika, es gehört zum Erwachsenwerden, dass man akzeptiert, dass die Sachen so sind, wie sie eben sind" – oh, wie ich dieses Gelaber hasse! Bitte liebe Erwachsene, sollten wir uns mal in der Wirklichkeit treffen – bitte lasst das!

OK. Wo war ich stehen geblieben? Ach so, ja. Mama zog die

Rollläden hoch. Draußen war es noch dunkel. Hugo streckte sich und gähnte. Ich mag nicht, wenn er beim Aufwachen gähnt, denn er hat einen schrecklichen Mundgeruch. Mama klatschte in ihre Hände:

„Zeit zum Aufwachen, Kinder! Es ist recht spät! Zeit zum Aufstehen!“

„Ich komme schon“, sagte ich.

Mama knipste den kleinen Globus an, den die Eltern mir Jahre zuvor geschenkt hatten. Ein blaues Licht erhellte das Zimmer. Hugo stand auf. Mama nahm eine Ecke meines Federbettes und zog sie weg. Ihre Augenbrauen hoben sich.

„Annika, was machst du mit deinem Ski-Anzug im Bett?“

Das hatte ich völlig vergessen, ich Trottel!

„Ich hab gefroren!“, antwortete ich.

„Bist du krank?“

Mama legte die Hand auf meine Stirn.

„Du hast kein Fieber...“

„Heute Nacht hatte sie Schluckauf“, sagte Hugo, während er seine Unterhose anzog.

„Huch! Hast du Bauchschmerzen, Schatz?“

„Nein, Mama, mir geht es gut...“

Ich bereute sofort, die Situation nicht besser ausgenutzt zu haben, z.B. hätte ich sagen können, ich fühle mich nicht gut oder so was. Mama hätte mich bestimmt zu Hause behalten.

Aber es musste anders kommen. Außerdem bin ich kein Riesenarschloch, auch wenn ihr anders denkt: Ich mag es nämlich nicht, wenn Mama sich Sorgen macht, vor allem um mich (hab ich das nicht schon irgendwo mal erwähnt?).
Mama stand vor meinem Bett.
„Möchtest du versuchen, aufzustehen und etwas zu essen? Hast du überhaupt Hunger?“
„Ja, schon!“
Fragt mich nicht warum, aber ich fand auf einmal, es war an der Zeit, irgendeine Frage zu stellen.
„Ist der Papa schon weg?“
„Ja, er hat einen Termin in Frankfurt, er musste sehr früh los. Du musst dich mit mir und deinem Bruder begnügen“, sagte Mama. Obwohl ihr Spruch als kleiner Witz gemeint war, machte er mich ein wenig traurig. Damals, als es passierte, war mir der Grund nicht klar, aber jetzt kann ich es erklären: ich fand es traurig, dass sich die Mama als zweite Wahl sah.
„Aber“, fügte Mama hinzu, „bevor er gefahren ist, hat er frische Brötchen für uns drei bei Frau Fuchs geholt. Ihr habt einen lieben Papa.“
„Stimmt“, sagte Hugo.
„Und eine nette Mama“, sagte ich.
Hugo lief durchs Zimmer, auf der Suche nach irgendeinem Kleidungsstück.

„Wo ist die Katze Elefant?“, fragte ich.
„Sie ist aus dem Zimmer gerannt, als ich die Tür aufgemacht habe.“
„Ach so.“
„Annika, willst du nicht etwas anderes anziehen als diesen ollen Ski-Anzug, um in die Schule zu gehen?“
Normalerweise tobe ich und sage zumindest „nein“, wenn die Mama mir Kleidungsvorschriften machen will. Doch da sagte ich: „Gute Idee, Mama, was schlägst du vor?“
Irgendwie wollte ich nett zu ihr sein. Erstens hatte ich ein ungutes Gefühl, ihr ständig Stories zu erzählen, zweitens tat sie mir leid mit ihrer Art, sich als zweite Wahl zu sehen. Volltreffer! Ihre Augen wurden größer, die Haut auf der Stirn spannte sich, sie streichelte mir den Handrücken und fragte, ob sie die Lampe an der Decke anmachen darf (das war wohl das allererste Mal, dass sie um die Erlaubnis fragte!).
Hugo, der im Zimmer herumirrte, sagte, er brauche sowieso Licht, weil er seine Socken nicht finden kann. Ich mochte dies alles und war nicht mehr ganz so sauer auf den Morgen. Ich hatte sogar die Schule vergessen.
Mama und ich verhandelten kurz über die Klamotten, die ich anziehen würde, aber ich ließ sie gewinnen. Sie war so glücklich, dass ich sie total süß fand. Manchmal sind Eltern einfach gestrickt.

Wir frühstückten schnell, aber in Eintracht. Die Katze Elefant gesellte sich zu uns, indem sie auf den Stuhl neben meinem sprang und uns mit ihren riesengroßen, grünen Augen beim Essen beobachtete. Natürlich schnurrte sie dabei sehr laut, aber das hattet ihr euch bestimmt schon gedacht. Doch die glücklichen Momente haben ein Ende (ansonsten könnte man sie nicht von den unglücklichen auseinanderhalten, nicht wahr?). Mama klatschte in ihre Hände, wie sie es immer tut, und sagte:

„Ups, Kinder, ihr verpasst den Bus, wenn ihr euch nicht sofort sputet".

Ihr Ton war frei von der üblichen, morgendlichen Hektik. Am liebsten hätte ich den ganzen Tag zu Hause mit ihr verbracht. Das sagte ich ihr auch.

„Ich auch", sagte Hugo. Keine Ahnung, ob er nur nachplappern wollte, oder ob es von ihm kam.

„Ja", sagte Mama, „das wäre schön… Aber wir würden uns strafbar machen…"

Ich war ganz schön baff. Die Standard-Antwort wäre eher gewesen: „Man muss in die Schule gehen, um später einen Beruf zu erlernen und sein Geld verdienen zu können, um unabhängig zu sein". Doch es stellte sich heraus, die Eltern schickten uns nicht in die Schule, damit wir später irgendwann unabhängig sein würden, sondern, weil sich die Familie strafbar machen würde! Ich stellte mir mehrere Polizeiwagen vor dem Haus vor und wie die Eltern mit Handschellen abgeführt wurden, wie bei „Tatort“.

„Strafbar?“, wiederholte Hugo. Er kapierte das Wort nicht, wollte es aber nicht offen sagen.

„Ja“, antwortete Mama, „und dann müssten wir ganz viel Geld bezahlen, und das wollen wir nicht.“

„Wir gehen schon“, sagte ich.

Wir erreichten unseren Bus problemlos und kamen um 7:45 Uhr planmäßig in der Schule an. Treffender wäre es aber, wenn ich schreiben würde: wir kamen um 7:45 Uhr auf dem Schlachtfeld an.

14.

Zunächst einmal müsst ihr wissen: Das, was dann passiert ist, erzähle ich sehr ungern. Es stinkt mir schon, wenn ich nur dran denke. OK, ich bring's hinter mich, machen wir es kurz.
In der ersten Stunde, wir hatten Deutsch, war die Lehrerin schlecht drauf. Passiert oft bei Lehrern, nicht der Rede wert. Irgendwann, zu irgendeinem unwichtigen Thema – ich glaube, es ging um eine Kurzgeschichte, deren Ende ich völlig blöd und unglaubwürdig fand – gab ich einen Kommentar von mir. Die Lehrerin blaffte mich an: „Annika, hab ich dir etwa eine Frage gestellt?" Von hinten kam dann ein Spruch: „Geschieht der Streberin recht". Das war eine Mädchenstimme, ein bisschen verstellt. Oh nee, dachte ich, nee, nicht schon wieder. Gegen 8.15 Uhr öffnete sich die Tür, Herr Schulze (der Stellvertreter des Direx oder er war schon selber Direx geworden, ich weiß nicht mehr genau, spielt eh keine Rolle),

kam herein, hinter ihm zwei geduckte Gestalten: Britney und Kevin.

„Was machen diese zwei Gestörten hier?“, fragte ich mich. Aber diese Frage war überflüssig. Ich konnte es mir schon denken.

Der Direx war dick und groß, mit einem Bart und einer großen, total altmodischen Brille. Er tat so, als ob er nett wäre und unser Freund.

„Guten Morgen“, sagte er, „ich darf euch Britney und Kevin vorstellen, sie wohnen erst seit ein paar Tagen in unserer Stadt. Ich bitte euch, sie freundlich aufzunehmen und dafür zu sorgen, dass sie sich gut bei uns fühlen.“

Die Gestörten standen immer noch geduckt hinter ihm. Er drehte sich um, flüsterte etwas und machte eine Geste, so wie der Kellner im China-Restaurant, wo wir oft sonntags zu Mittag essen, wenn wir ankommen und er uns den leeren Saal zeigt. Dabei lächelte er bescheuert (der Direx, nicht der Kellner), als ob er im Begriff war, uns einen Preis zu verleihen. Mann, können Erwachsene blöd sein! Der Direx murmelte wieder etwas zu Kevin und Britney, ich tippe auf: „So, habt keine Angst, geht vor und sucht euch einen Platz aus“, und dann sagte er zu der Lehrerin:

„Frau Schmoll (dieser Name! Ihr könnt euch vorstellen, wie wir Schüler damit in den Pausen Witze gemacht haben!), Britney und Kevin sind Zwillinge."

Ich weiß gar nicht, was er damit erreichen wollte, ob dies Frau Schmolls Herz erweichen sollte, oder ob er fand, das sei eine tolle Leistung, und er wollte uns davon überzeugen – irgendetwas muss er sich dabei gedacht haben, nur keine Ahnung, was. Dass Kevin und Britney fast gleichzeitig geboren wurden, war Frau Schmoll scheißegal (da konnte ich sie gut verstehen), aber so was sagt man seinem Direx nicht, also entschied sie sich dafür, es zumindest zu zeigen:

„Aha."

Der Direx sah kurz ein bisschen so aus, als ob ihm ein Licht aufgegangen war und er gerade verstanden hatte, dass er ein Dummkopf war, der in der Bundesliga der Dummköpfe spielte, denn er sagte:

„So. Hm. So. Dann gehe ich eben wieder".

Er hatte immer noch sein dämliches, aufgesetztes, preisverleihendes Lächeln drauf. Er wippte von einem Fuß auf den anderen.

„Gut. Danke, Herr Schulze", sagte Frau Schmoll.

Das war ein klares Zeichen, dass sie es tatsächlich sehr begrüßen würde, wenn er Leine ziehen würde (normalerweise sollte man „zöge" statt „ziehen würde" schreiben, aber das ist mir echt zu geschwollen. Und schließlich bin ich noch ein Kind, ja?). Da ihm keine weiteren blödsinnigen, leeren Sprüche mehr einfielen und er wahrscheinlich langsam müde wurde, von einem Fuß auf den anderen zu wippen, beschloss der Direx, seine Arbeit als erledigt zu betrachten und dass er den geordneten Rückzug anzutreten hatte, wie Papa manchmal sagt, wenn er spürt, es ist Zeit, der Mama zu sagen „du hast vollkommen Recht, Liebling“. Nebenbei bemerkt: Ich stelle mir heute – zwei oder drei Jahre später – immer noch die Frage, ob ich die Einzige war, die gesehen hat, wie lächerlich der Direx war. Ich weiß nicht. Ich habe mit niemandem darüber gesprochen.

Inzwischen hatten sich die gleichzeitig geborenen Gestörten einen Tisch ausgesucht. Sie plumpsten auf die Stühle. Sie saßen zwei Reihen hinter und links von mir. Ausnahmsweise war Frau Schmoll still. Alle Blicke waren auf die gleichzeitig geborenen Gestörten gerichtet.

„Ich hab eine Idee“, sagte Frau Schmoll nach einer Weile, „einer von euch wird Britney und Kevin in die Details unseres Schullebens einweihen, einverstanden? Und – Annika, heute Morgen scheinst du besonders mitteilungsfreudig...“

„Mein Gott! Nein! Nein!“, dachte ich.

Ich fragte:

„Jetzt? Sofort?“

„Nee, nee, während der Pause“, antwortete sie.

„Während der Pause also“, wiederholte ich, um Zeit zu

gewinnen. „Was aber soll ich ihnen erklären? Unsere Schule ist... ist... selbsterklärend!“

„Kevin und Britney werden bestimmt viele Fragen haben, an die du gar nicht denkst“, antwortete Frau Schmoll, „und jetzt möchte ich wissen, ob ihr euch nach der Lektüre der Kurzgeschichte anders gefühlt habt als zuvor. Wer will antworten?“

Die Lehrerin schaute zu mir.

„Jetzt, Annika? Findest du jetzt plötzlich deine Sprache nicht mehr?“, fragte sie.

Mir war nicht nach Antworten zumute.

15.

Kevin und Britney! In meiner Klasse! Das hatte mir noch gefehlt!

Außerdem waren diese Gestörten viel älter als wir. Möglicherweise hatten sie schon sechs Klassen wiederholt.

Die Pause kam. Mensch, was sollte ich tun? Zumal die zickige Frau Schmoll mich an meinen Auftrag erinnerte, als ich die Tür erreichte. Ich hatte null Bock, die Gestörten anzusprechen, geschweige denn, ihnen zu helfen. Andererseits... Am darauffolgenden Tag würde Frau Schmoll garantiert danach fragen und dann ordentlich motzen.

Die provisorische Lösung war, zur Toilette zu gehen. Ich blieb dort eine Weile. Das war ein Fehler. Als ich rauskam und in den Hof lief, auf der Suche nach den Gestörten, weil ich mir auf dem Klo gedacht hatte, *na ja, wer weiß, vielleicht werden wir uns doch gut verstehen, Wunder geschehen ja, wie ich von der Katze weiß*, als ich also vom Klo rauskam, sah ich einen Pulk von Klassenkameraden, die unter der dicken Eiche hockten, die den Pausenhof ziert. Britney saß betont cool und lässig mit dem Rücken an den Baumstamm gelehnt, mit übereinander gekreuzten Füßen. Sie trug eine Jeans, die etwas zu kurz war, offensichtlich wollte sie uns unbedingt ihre mageren Knöchel zeigen. Kevin stand neben ihr, pummelig und verschwitzt wie gehabt. Er hielt die Hände in seinen Hosentaschen versteckt. Ich vermute, das sollte auch cool, lässig und abgeklärt wirken. In Wirklichkeit wusste er nicht wohin mit seinen verschwitzten Händen. Jedenfalls änderten seine in den Hosentaschen versunkenen Hände gar nichts an seiner Pummeligkeit und seiner Verschwitztheit. Findet Ihr mich zu gehässig? Mal ehrlich? Wenn ja, wartet mal ab, ihr werdet verstehen.

Eins wunderte mich sofort: Kevin und Britney befanden sich im Zentrum der Gruppe, es sah so aus, als ob sie Hof unter der alten Eiche halten würden. Irgendwie kotzte es mich an, denn instinktiv wusste ich, es verhieß nichts Gutes für mich, und ich musste leider Recht behalten.

Ich näherte mich der Gruppe auf ca. fünf Meter, da sagte Britney in die Runde:

„Das ist also die Streberin."

Ein Mädchen namens Natalia, mit der ich mal (kurz)

befreundet gewesen war (aber sie hatte es nur auf meine Hilfe bei den Hausaufgaben abgesehen), bejahte.

„Wir waren gestern bei ihr, sie hat unsere Mutter und uns übel beschimpft“, sagte Britney, „die hat ’nen Knall“.

„Das üst oft so bei dücken Leut“, sagte Kevin – Kevin! Die verschwitzte Pummeligkeit in Person gab so was von sich! „Ich glaub, ich spinne“, dachte ich. Normalerweise hätten sie sich alle krumm lachen müssen! Aber nee, die sind alle bierernst geblieben.

„Ich find’ sie echt komisch“, sagte Britney.

Einige aus meiner Klasse lachten blöd. Ich dachte, ich stehe im falschen Film. Das ist was fürs Lästern unter Freundinnen, wenn das Mädchen, von dem die Rede ist, nicht da ist! Aber so zu reden über eine, die da ist, als ob sie eben nicht da wäre, das ist das Letzte, oder?

Nun, was hättet ihr an meiner Stelle gemacht?

OK, ich hätte hingehen und ihr eine knallen müssen. Das wäre bestimmt die beste Reaktion. Aber ich war wie gelähmt. Kennt ihr das? Oder bin ich hier der einzige Feigling? Von der Nacht mit der Katze Elefant wusste ich auf einmal nichts mehr. Als ob der Unterricht mit ihr nie stattgefunden hätte. Ich stand da wie angewurzelt und wäre am liebsten im Erdboden versunken. Ich drehte mich um und rannte Richtung Klassenraum. Die Tränen liefen mir die Wangen herunter. Ich

war wieder oder immer noch das Opfer, ich hasste mich dafür und mir schien, dieser Zustand war endgültig. Ich lief die Treppe hoch, ging ins Klassenzimmer, schnappte mir meinen Ranzen und ging runter. Ich hatte beschlossen, die Schule zu verlassen und nie wieder zurück zu kommen.
Auf dem Weg zum Schultor musste ich den Pausenhof überqueren. Die Gruppe um die Eiche hatte sich aufgelöst. Ich wollte nicht rennen, damit kein Verdacht beim Aufpasser aufkam, an dem Tag war es Herr Hoffmann, der Musiklehrer. Trotzdem ging ich so schnell und unauffällig wie ich konnte an der Eiche vorbei. Da hörte ich jemanden sagen:
„Hey, die dicke Streberin haut ab!"
Fast im gleichen Moment stellte mir jemand ein Bein und ich fiel der Länge nach hin. Dann, bevor ich mich aufrichten konnte, bekam ich einen Fußtritt in die Seite und jemand knallte mir die Hand oder irgendetwas auf den Kopf, so dass ich mit der Stirn auf den Boden prallte. Ich dachte, dass ich jetzt sterben würde und alles war mir zuwider, ihr könnt euch gar nicht vorstellen wie. Ich hatte mit meinem Leben abgeschlossen, denn in dem Moment hatte ich sowieso den Entschluss gefasst, wenn sie mich nicht gleich umbringen würden, es selbst zu tun. Zu meiner Überraschung aber schrie jemand, ein Mädchen nämlich, welches nicht ich war. Ich lag immer noch auf dem Bauch und versuchte, aufzustehen, was

nicht sehr einfach war, weil mein Ranzen mich irgendwie daran hinderte und die linke Seite sowie das rechte Knie total weh taten. Dann schrie noch jemand, ein Junge diesmal. Und noch ein Mädchen. Ich dachte, Herr Hoffmann hätte alles gesehen und verteilte Ohrfeigen, obwohl die Lehrer uns nicht schlagen dürfen, aber in dem Fall wäre ich ihm dankbar gewesen. Endlich konnte ich meinen Ranzen abnehmen. Ich richtete mich mühselig auf, wischte den Dreck (und ein wenig Blut, aber nicht der Rede wert) von meiner Stirn und schaute mich um. Neben mir, zu meiner Rechten, saß friedlich auf ihren Hinterpfoten... die Katze Elefant. „Miau", sagte sie leise. Ein paar Schritte entfernt standen Britney, Kevin und meine ehemalige Freundin. Sie schauten in unsere Richtung. In ihren Gesichtern war Angst, Entsetzen und Verblüffung. Und ich sah das Blut von ihren Wangen laufen.

16.

Die Katze Elefant stand auf, kam zu mir und lehnte ihren Kopf an meine Schläfe, ihr kennt das ja schon. Das Gedankenpaket enthielt folgendes:

„Kleine, wir gehen nach Hause. Und du wirst mich dabei bitte tragen, denn mir tun die Pfoten weh. Ich bin eine Ewigkeit gerannt, um hierher zu kommen."

„Woher wusstest du, wo die Schule ist?"

„Wir Tiere wissen Dinge, von denen ihr Menschen nicht die leiseste Ahnung habt."

„Hast *du* ihnen das Gesicht zerkratzt?"

Natürlich kannte ich die Antwort schon.

„Und gebissen."

Ich fragte:

„Bist du einfach so in die Schule gekommen, oder wusstest du schon, ich würde Ärger bekommen?"

„Es war mir klar, dass du Ärger bekommen würdest. Setz jetzt deinen Ranzen auf deinen Rücken, hebe mich hoch und ab nach Hause."

Als wir das Tor erreichten, pflanzte sich Herr Hoffmann vor mir auf. Der Weg nach Hause war vorerst versperrt.

„Was machst du denn mit dieser kleinen, hübschen Katze in den Armen, Annika?"

Er war vor allem überrascht und neugierig. Dass er die Katze Elefant hübsch fand, machte ihn sehr sympathisch (ab jetzt werde ich nur noch „die KE" schreiben, das ist einfacher, einverstanden?).

„Ich bringe sie zum Tierarzt, Herr Hoffmann, sie hat wunde Pfoten."

„Ach so! Du bist ein verantwortungsvolles Mädchen, ich gratuliere. Hast du so früh keinen Unterricht mehr? Ist ein Lehrer krank?"

„Nee, soviel ich weiß niemand, aber das mit der Katze finde ich dringender."

Herr Hoffmann musterte uns.

„Miau", sagte die KE in einem besonders melodiösen Ton. Sie hatte bestimmt mitbekommen, dass Herr Hoffmann unser Musiklehrer war.

„Herr Hoffmann", sagte ich, „wir müssen gehen, meine kleine Freundin leidet gerade."

Ich sagte das mit einer Stimme, die fast streng klang. Er fragte:

„Kommst du dann nach dem Tierarztbesuch zurück?"

„Ehrlich gesagt weiß ich das nicht, Herr Hoffmann, das kommt darauf an. Außerdem muss ich sie dann nach Hause bringen... Möchten Sie sie kurz streicheln?"

„Glaubst du, es wird ihr gefallen?"

„Garantiert. Sie mag Streicheleinheiten von lieben Leuten."

Ich dachte, jetzt übertreibst du es ein wenig mit dem Schleimen, Annika. Aber Herr Hoffmann grinste von einem Ohr zum anderen, sein Schnurrbart sah aus wie ein Vogel in der Ferne oder wie eine auf dem Rücken liegende 3. Er streckte die Hand aus und mit nur zwei Fingern streichelte er sanft den Kopf der KE. Die KE schloss die Augen und startete ihren Schnurrmotor, ihr erinnert euch bestimmt, wie laut sie schnurren kann.

„Ist sie süß..."

„Ich halte Sie auf dem Laufenden", sagte ich.

Ich dachte, vor lauter Rührung würde er bald anfangen zu weinen. Das wäre mir allerdings peinlich hoch drei gewesen. Doch zum Glück konnte er sich beherrschen. Er machte einen Schritt zur Seite und sagte:

„Versuch', dich zu beeilen und so schnell wie möglich zurück zu kommen."

Der Weg war frei. Ich war nicht gerade unstolz auf mich, muss ich zugeben. Eigentlich hätte er mich nie rausgehen lassen dürfen, denn die Schulordnung verbietet das. Die Großen sind manchmal sehr einfach in der Handhabung. Wenn ihr Kinder seid, oder wenn ihr euch an eure Kindheit erinnert, wisst ihr, wovon ich rede.

Ich wunderte mich ein wenig, dass Britney, Kevin und Natalia uns in Ruhe ließen, aber mir war's gerade recht, wie ihr euch vorstellen könnt.

Einmal draußen, lief ich ungefähr hundert Meter Richtung Bushaltestelle, aber die KE streckte den Kopf zu meiner Schläfe.

„Lass' mit doch bitte runter, ich werde seekrank in deinen Armen. Ich laufe lieber selbst, auch wenn meine Pfoten wehtun und wir eine Stunde unterwegs sein werden."

„Nehmen wir nicht den Bus?"

„Nein, wir gehen zu Fuß. Ab jetzt wird Sport getrieben, Annika. Du musst stark und gelenkig werden. Ich werde mich nicht ständig an deiner Stelle schlagen können, auch wenn es mir durchaus Spaß gemacht hat. Du musst lernen, dich selbst vor deinen blöden Mitschülern zu schützen. Ich wette, du hast deine Nägel nicht geschnitten, wie ich es dir gesagt habe."

„Du siehst doch, ich kann mich nicht schlagen", antwortete ich.

„Das wirst du lernen. Du kannst es schon mit Worten sehr gut.

Jetzt ist dein Körper dran. Abgesehen davon, werden wir bald deine Wörter brauchen, denn wir werden Ärger bekommen, und zwar von verschiedenen Seiten. Aber eins nach dem anderen, bzw. ein Ärger nach dem anderen. Jetzt laufen wir nach Hause."

17.

Wir liefen eine gute Stunde durch die Stadt und anschließend durch das Industriegebiet. Am Rande des Industriegebiets erstreckten sich große Felder und Wiesen, die man mit dem Auto oder dem Bus weiträumig umfährt, um zu unserem Stadtteil zu gelangen, aber wir durchquerten sie einfach. Der Himmel war blau und klar. Im Winter bedeutet das immer „Kälte“, aber an diesem Tag blies ein leichter, warmer Wind, ich kann mich noch genau daran erinnern. Die KE und ich erregten oft Aufsehen, wie wir so nebeneinander herliefen.
Wir begegneten mehreren Hunden. Meistens waren sie angeleint und bellten nur wie die Idioten, aber einmal wollte sich ein blöder Köter, der gar nicht mal so klein war, auf die KE stürzen. Zu dieser Gelegenheit gab mir die KE eine kleine Kostprobe ihrer Kampftechnik oder ihres Kampfgeistes oder Kampf-was-auch-immer: während ich wie üblich gelähmt vor

Schreck dastand, hielt sie kurz inne, fixierte den Köter, der mit gefletschten Zähnen angerannt kam (obwohl sein Herrchen ihn verzweifelt rief), machte sich groß, fauchte und startete plötzlich wir eine Rakete Richtung anrennender Köter. Der machte seine Schnauze zu, bremste stark – wäre er ein Auto gewesen, hätten man die Bremsen quietschen gehört –, rutschte ein wenig wie in den Zeichentrickfilmen und sprang zu spät zur Seite: Die Krallen der KE erwischten ihn an seinem lächerlich wehenden Ohr. Unmittelbar danach bekamen wir einen wunderschönen Köterhintern zu sehen, der sich mit großer Geschwindigkeit entfernte.

Ein paar Minuten später machten wir Rast auf einer Bank. Ich fragte: „Woher kommt es, dass du keine Angst hattest? Er war vier Mal größer als du!“

„Aber auch vier Mal blöder“, antwortete die KE auf dem inzwischen bekannten Weg und nachdem sie es sich auf meinem Schoß bequem gemacht hatte. Sie lachte – ihr wisst, ihr schönes, rätselhaftes Bergbach-Lachen.

Ich lachte auch. Dennoch ließ ich nicht locker:

„Aber warum hast du nie Angst und ich immer?“

„Ich spiele mit anderen, viel älteren und mächtigeren Katern“, war die seltsame Antwort. Zumindest glaube ich, dass sich das Gedankenpaket so übersetzen lässt. Ich sagte:

„Normalerweise fliehen Katzen vor dicken Hunden... Vor allem, wenn die Katzen so klein sind, und ich muss sagen, ich find's vernünftig..."

„Vergiss aber nicht, ich bin eine Katze Elefant", antwortete sie, „Köter sehen mich plötzlich nicht mehr als Katze, sondern als Elefant."

Zwei alte Damen gingen bedächtig an uns vorbei. Als sie uns Kopf an Kopf entdeckten, standen sie nah am Entzückungskollaps.

Ich hätte einen großen Teil meines Lebens auf dieser Bank sitzen bleiben können, auch weil mir die Seite von dem Fußtritt immer noch sehr wehtat, doch wir standen irgendwann auf und gingen weiter.

Als wir nur noch 200 oder 300 Meter weit von zu Hause weg waren, bückte ich mich, nahm die KE in die Arme und fragte sie, was wir der Mama sagen würden. Die KE antwortete, sich darüber Sorgen zu machen, war sinnlos. Auf die Fragen der Mama würde ich spontan und wahrheitsgetreu antworten. Aber sie würde mir sowieso andere Fragen stellen, als die, auf die ich mich gerade vorbereiten wollte.

Die KE fügte noch etwas hinzu, das sich jetzt für euch vielleicht seltsam anhören wird. Sie sagte, dass wir in unserem Leben nur für die Freude planen dürfen und nie für das Leid. Als ich das hörte, fing ich an zu weinen. Das Komische daran ist, dass ich nicht genau wusste, warum ich weinte. Ich zweifelte allerdings keine Sekunde daran, dass sie völlig Recht hatte. Ja ja, ich weiß, ich bin schon nah am Wasser gebaut.

18.

Jetzt schreibe ich einfach den Dialog auf, der zwischen der Mama und mir im Flur, im Wohnzimmer und wieder im Flur stattfand. Mama hatte das schwarze Kostüm an, das sie trägt, wenn sie arbeiten geht (sie arbeitet in einem Optikerladen in der Stadt), ihre Haare waren nass, sie lief barfuß. Ich öffnete die Haustür.

Ich:

„Mami? MAMI ! MAAAAMI!“

Mama :

„Annika?“

Ich :

„Wo bist du, Mami? Wir sind von der Schule zurück!“

Mama:

„Hallo meine Kleine! Was ist los? Wo ist dein Bruder?“

Ich:

„In der Schule. Ich meine, die Katze und ich sind wieder da."

Mama:

„Hä?"

Ich :

„Die Katze und ich sind wieder da."

Mama:

„Die Katze... Ist die Katze mit dir in die Schule... Warum hast du... Wie spät ist es denn überhaupt? Wie bist du zurückgefahren, es fährt doch kein Bus? Hat euch jemand mitgenommen? Ist ein Lehrer krank? Gab's einen Amoklauf?"

Ich:

„Nee, nee, es gab keinen Amoklauf – ich hab nur... ähm... Kevin und Britney, sagt es dir was?"

Mama:

„Ja, klar, die zwei von gestern..."

Ich:

„Die sind in meiner Klasse."

Mama:

„Ach so? Witzig!"

Ich:

„Überhaupt nicht!

Mama:

„Wieso?"

Ich:

„Die sind ganz schön blöd und giftig! Die haben mich gemobbt. Die haben sich mit den anderen verbündet und... und... sie waren ganz einfach böse zu mir.“

Mama:

„Wie? Die sind grad angekommen und schon tun sie sich mit den anderen zusammen und mobben dich? Wie geht das denn?“

Ich:

„Och, vergessen wir's.“

Die KE:

„Miau“

Das Telefon:

„Ring Ring.“

Mama hob ab, nannte unseren Familiennamen und sagte:

„Ja... Ja... Ja... Nein... Ja... Nein, sie ist da... Ja, sie ist gerade angekommen, ja... Ja... Wie bitte? Nein… Was?… Das kann ich mir nicht vorstellen… Heute geht es nicht mehr, ich müsste schon seit zehn Minuten weg sein, aber morgen, ja... Ja... 13:30 Uhr, ja, in Ordnung. Ja, bis morgen. Auf Wiederhören.“

Mama legte auf, drehte sich zu mir, musterte mich langsam von oben bis unten, schaute weiter runter zur KE, und sagte sehr langsam:

„Was... läuft... hier... ab...?“

„Ganz einfach, Mami, meine Freundin die Katze Elefant, hat so

etwas wie Superkräfte, weißt du, wie im Film, sie ist eine Art Superheld, wie Spiderman oder Batman oder so."
„Soso. Siehe da."
„Du nimmst uns nicht ernst, aber so ist es einfach."
Mama warf mir einen Blick zu, der mir das Herz brach, ich kann oder ich will ihn nicht näher beschreiben. Dann sagte sie: „Ich muss zur Arbeit. Bleib' bitte hier. Beweg dich nicht vom Fleck. Ich rufe den Papa von der Arbeit an, vielleicht kann er früher nach Hause kommen, er hatte nur einen Termin in Frankfurt, soviel ich weiß. Wir müssen ernsthaft alle zusammen reden."
„Miau", sagte die KE.
„Wir reden schon die ganze Zeit", sagte ich müde.
Mama schnappte sich ihren Schlüsselbund, ihren Geldbeutel, ihr Handy und zog ihren Mantel an.
„Mami, deine Haare sind noch nass, du wirst dich erkälten."
„Ich hab keine Zeit mehr, ich muss fahren."
Sie stand schon vor der Tür. Sie kam mir aber kilometerweit entfernt vor. Sie schien zu zögern. Doch dann machte sie drei Schritte auf mich zu, nahm mich in ihre Arme, küsste mich auf die Lippen, streichelte mir die Haare, beobachtete kurz meine Stirn.
„Keine Sorge, Kind", sagte sie, „wir kriegen das alles in den Griff."

„Ja“, sagte ich.

„Wenn du Hunger hast, ich habe einen Salat für euch gemacht, aber lass deinem kleinen Bruder bitte die Hälfte davon übrig. Und das Stück Schokoladenkuchen isst du bitte erst nach dem Salat!“

19.

Also, dass wir „das alles“ in den Griff kriegen würden, das war mir klar, oder besser gesagt, ich machte mir darüber keine Gedanken. Außerdem hätte ich nicht genau sagen können, was es da gab, was in den Griff gekriegt werden musste. Zwar hatte ich eine vage Vorstellung von dem Ärger, der bald auf mich zukommen würde, doch fühlte ich mich erstaunlich gelassen, was sicherlich an der KE lag, denn Gelassenheit war bisher nicht meine große Stärke.

Hunger hatte ich tatsächlich. Ich zog meine Schuhe aus und wollte mich in die Küche begeben. Da sprang die KE vor meine Füße und sagte “Miau!“, allerdings in einem anderen Ton als sonst.

„Was ist los?“

Ich kniete mich hin.

„Miau“, wiederholte die KE und sie schnurrte nicht.

Als unsere Köpfe sich berührten, hatte ihr Gedankenpaket etwas Elektrisches an sich, wisst ihr, was ich meine? Nein, ihr wisst es nicht und ihr könnt es auch nicht wissen. Das war... Wie soll ich sagen... Bisher waren ihre Gedankenpakete ein bisschen wie Karamell. Dieses da aber erinnerte mich an die Art Süßigkeiten, die im Mund prickeln, bestimmt habt ihr so etwas schon ausprobiert. Das Gedankenpaket enthielt irgendwie Funken. Und die Botschaft lautete ungefähr:

„Nix essen jetzt. Jetzt wird trainiert. Es ist Zeit, dass du gestärkt wirst. Wir haben keine Minute zu verlieren. Übrigens: Schluss mit den Süßigkeiten. Schluss mit der Schokolade. Außerdem, sehr wichtig: Ab jetzt isst du nur noch, wenn du Hunger hast, verstanden?“

„Das mache ich aber immer!“

„Oh nein! Das machst du nie! Du isst, weil die Uhrzeit gekommen ist, wo bei euch normalerweise gegessen wird. Du isst, weil du traurig bist. Du isst, weil du verärgert bist. Du isst, weil du dich langweilst. Du isst, weil du Angst hast, du könntest bald Hunger bekommen. Du isst, weil du deiner Mutter gegenüber höflich sein willst. Du isst, weil du dich erinnerst, dass das zuvor gut geschmeckt hat. Du isst, damit dein kleiner Bruder nichts abbekommt. Aber dass du essen würdest, weil du Hunger hast – niemals. Schluss damit. Du wirst sehen, wie du abnimmst! Und jetzt zieh bitte deine

Schuhe an, wir gehen in den Garten.“

„Aber wir sind gerade anderthalb Stunden gelaufen! Ich bin müde! Mir tun die Füße und die Seite weh!“

„Annika, ich will dir helfen. Du ziehst bitte deine Schuhe an, und zwar ohne zu verhandeln. Ich bin kein gewöhnlicher Elternteil, mit dem man verhandelt. Ich bin eine magische Katze, ja? Mit magischen Katzen verhandelt man nicht.“

„OK, in Ordnung, ich mach’, was du willst. Darf ich trotzdem eine Frage stellen?“

„Stell sie.“

„Katze Elefant...“

„Ja, Annika?“

„Warum hilfst du mir so?“

„Weil du ein nettes Mädchen bist, das ich sehr gerne habe.“

„Danke, aber warum ausgerechnet mich? Außerdem bin ich nicht mal sicher, ob ich so nett bin... “

Die KE lachte.

„Deine Fragen sind klug. Mal sehen, ob du mit der Antwort etwas anfangen kannst. Ich helfe ausgerechnet dir, weil du und ich aus dem gleichen Ort kommen. Als Ort darfst du nicht Darmstadt oder das Schwimmbad oder die Küche verstehen. Dieser Ort ist eher etwas wie ein Zustand. In diesem Zustand sind wir gleich oder zumindest extrem ähnlich. Eigentlich sind wir eins, obwohl es nicht so aussieht.“

„Waaas ? Ich verstehe nur Bahnhof!“

„Du bist das Leben, das sich als Annika zeigt, und ich bin das Leben, das sich als Katze Elefant zeigt. Es ist kompliziert, nicht wahr?“

„Ja... Ich bin noch zu klein, glaube ich.“

„Dann zieh‘ deine Schuhe an, wir gehen in den Garten. Eines Tages wirst du verstehen. Nun, im Grunde hast du schon verstanden.“

„Da irrst du dich aber...“

„Nur gestehst du es dir nicht ein, weil du deinen Eltern gegenüber loyal sein willst. Du liebst deine Eltern innigst – zu Recht, muss ich sagen. Daher willst du nicht alles in Frage stellen, was sie dir beigebracht haben.“

„Wie denn das?“, fragte ich nach einer Weile.

„Deine Eltern haben dir alles beigebracht, was du über die Welt da draußen weißt und wie man darin zu funktionieren hat. Die Welt ist aber gar nicht so, wie sie glauben. Oder ist etwa eine sprechende Katze in ihrer Welt vorgesehen?“

„Ich verstehe nichts.“

„Ja, deshalb: nimm einfach meine Hilfe an. Der Rest wird sich später von alleine ergeben. Zieh jetzt deine Schuhe an.“

20.

Was für ein Training, hey! Unter der Leitung und angefeuert von den „Miaus“ der KE, musste ich:

- auf den Baum, der mitten im Garten steht, klettern. Mehrmals. Ich, Klettern!
- auf einer Mauer balancieren. Ewig lang! Ich, Balancieren!
- Liegestütze, Sit-Ups und Klimmzüge an einem tiefen Ast machen. Jede Menge! Ich, Liegestütze, Sit-Ups, Klimmzüge!
- wie eine Getriebene um den Garten rennen: nach vorne, nach hinten, rechts, links. Ich, Rennen!

Ich zitterte am ganzen Leib. Mein Kopf sah wie eine Tomate aus.

Dann musste ich mich dehnen und komische Verrenkungen machen. Das tat brutal weh!

Am Ende miaute die KE wieder normal. Ich setzte mich auf den Boden mit dem Rücken zur Eingangstür, strecke die Beine aus und japste nach Luft. Die KE ging auf meinen Beinen spazieren, bis sie schließlich auf meine linke Schulter kletterte, von wo aus sie den Kopfkontakt herstellte. Zu meiner Überraschung lobte sie mich.

„Das werden wir schön regelmäßig machen“, fügte sie hinzu. „In einigen Tagen wird man dich nicht wieder erkennen. Und wenn wir so weit sind, dass ich dich für stark und biegsam genug halte, werde ich dich in eine Falle locken, in der du deine neue Stärke abrufen wirst, ob es dir gefällt oder nicht.“

„Was für eine Falle?“

„Natürlich werde ich es dir nicht verraten!“

„Ich habe Angst!“

„Genau deshalb arbeiten wir zusammen: damit du frei davon wirst. Damit du nie wieder wie gelähmt bist, wenn Hohlköpfe dich angreifen.“

„Muss ich dann auf einen Baum klettern?“

„Annika, hör mir bitte gut zu: Wenn einer herkommt und dich ärgern will... Fahr deine Krallen aus und... Töte ihn.“

„Wie bitte?“

„Töte ihn.“

„Ihn *töten*?“

„Töte ihn.“

Aber... Aber... Das macht man doch nicht! Außerdem hattest du mir erklärt, unser Job ist es, glücklich zu werden... Das passt nicht zusammen..."

„Miau! Diesen Job kann man nicht ausüben, wenn man in Angst lebt. Die Angst muss zunächst zurückweichen. Du kannst die Angst zwingen, zurückzuweichen, wenn du lernst, dich zu verteidigen. Und zwar so gut, dass du selbst von deinen eigenen Fähigkeiten, einem blöden Angreifer Schaden zuzufügen, absolut überzeugt bist. Wenn du soweit bist, wird sich übrigens niemand trauen, dich anzugreifen. Ansonsten wirst du nicht töten müssen. Du gehörst zu den Leuten, die den anderen nicht wehtun möchten. Und genau dagegen müssen wir ankämpfen. Das meinte ich mit meinem Aufruf „Töte ihn". Aber natürlich wirst du niemanden wirklich töten, auch, wenn du eines Tages so stark sein wirst, dass du dazu in der Lage wärst."

„Das ist etwas viel für mich auf ein Mal...", sagte ich.

„Ja, OK. Annika, du hast viel geschwitzt und meine Katzennase findet, dass du dich jetzt waschen musst. Und nutze bitte die Gelegenheit, um dir die Nägel endlich so zu schneiden, wie ich es dir in der letzten Nacht erklärt habe. "

21.

Während ich duschte, konnte ich mir die Spuren des Fußtrittes anschauen, den ich in der Schule bekommen hatte. Ich hatte schon einen blauen Fleck, der wehtat. Ich fragte mich, warum ausgerechnet ich gemobbt wurde, denn soviel ich weiß, war ich die Einzige in der Klasse. Was machte ein Mobbingopfer aus? War es immer dick und gut in Deutsch? War es immer ängstlich? Würde es helfen, die Schule zu wechseln oder würden mich die anderen auch dort mobben? Ich befürchtete, die Antwort zu dieser letzten Frage war ja. Aber ich nahm mir vor, die Meinung der KE einzuholen. Sie wusste so viel. Vielleicht gab es einen Aspekt, an den ich überhaupt nicht gedacht hatte?

Auch das beschäftigte mich: Musste es in jeder Klasse ein Mobbingopfer geben? Brauchte sogar jede Klasse sein Mobbingopfer, damit es eine richtige Klasse wird? Und... Nun, ich wollte es hier nicht schreiben, aber ich möchte die ganze Wahrheit über die KE und meine Geschichte erzählen, deswegen wäre es nicht gut, ein bisschen Wahrheit wegzulassen, also: Wäre ich in der Lage, das Lager zu wechseln und eine zu werden, die ebenfalls mobbt? Diese Fragen beschäftigten mich wirklich seit Wochen.

Und da ich in voller Fragestimmung war, fiel mir noch etwas ein: Konnte die KE uns Menschen verstehen, wenn wir normal sprechen? Wenn dies der Fall war, könnten wir uns sicherlich irgendeinen Code einfallen lassen, so dass sie z. B. mit einer gewissen Art von „Miaus" „ja" sagt, und „nein" mit einer anderen, gewissen Art von „Miaus". Freilich musste es kein Miau sein, eine bestimmte Bewegung wäre auch in Ordnung gewesen, wie, keine Ahnung, sich hinter dem Ohr zu kratzen für „ja" und für „nein", sich zu strecken. So könnten wir bei Bedarf schnell kommunizieren, ohne die manchmal komplizierte Sache mit den sich berührenden Köpfen. Eigentlich fand ich mich blöd, nicht früher daran gedacht zu haben, denn irgendwie war ich mir sicher, sie konnte uns verstehen.

Ich stieg aus der Dusche, schnappte mir zwei große Handtücher, trocknete mir die Haare und schnitt mir die Fingernägel so, wie die KE es verlangt hatte. Die waren ganz schön spitz und als ich prüfend einen Nagel auf den Unterarm fahren ließ, wurde mir klar, warum ich damit eine gefährliche Waffe hatte, denn die Spitze hinterließ eine weiße Linie, die sich nach einer Weile rötlich verfärbte, und ich hatte wirklich nicht fest gedrückt.

„Wow“, dachte ich, „würde jetzt ein Kinderschänder ins Bad kommen, würde er sein blaues Wunder erleben!“

Und ich stellte mir vor, wie ich ihn mit meinen Nägeln in die Flucht treiben würde. Schade, dass kein Kinderschänder in der Nähe war, dachte ich, und ich musste grinsen. Kaum hatte ich zu Ende gegrinst, öffnete sich die Tür plötzlich, ich stieß einen Schrei aus, zuckte zusammen und brüllte den Papa an:

„Bist Du verrückt! Kannste nicht mal klopfen?“

Papa schreckte auch zurück und sagte:

„Annika, ich konnte nicht riechen, dass du hier bist, immer schließt du die Tür doppelt und dreifach ab, wenn du im Bad bist. Ich muss aber dringend!“

„Geh doch aufs Gästeklo!“

Aber er war schon unterwegs. Während er auf der Toilette oben saß, kam die KE ins Bad.

„KE“, rief ich, „du verstehst mich bestimmt, wenn ich so rede, oder? Wenn ja, sag „Miau“ zweimal hintereinander. Und ich fügte „Bitte“ hinzu, weil ich mich auf einmal erinnerte, dass ich ja höflich werden wollte.

„Miau miau“.

Klar.

„Natürlich verstehst du uns“, sagte ich. Gleichzeitig hörte ich Papas Pipi ganz laut fließen, ganz lange. Papa tut sich schwer, bei fremden Leuten Pipi und den Rest zu machen, deshalb beherrscht er sich, bis er zu Hause ist – manchmal tut er mir echt leid! Obwohl es mir genauso geht (aber ich bin ja ein Mädchen, ich darf das), oder vielleicht gerade deshalb, fing ich an zu lachen.

Papa spülte. Ich konnte mich nicht mehr halten und bekam einen richtigen Lachanfall. Als ich mich beruhigt hatte, fragte ich die KE:

„Findest du es auch lustig? Zwei Miaus – ja, ein Miau - nein.“

„Miau, Miau, Miau“, antwortete sie.

Ich wusste, was es hieß, wenngleich ich diesen Fall nicht geplant hatte. Das hieß nämlich: Na ja, geht so.

22.

Papa blieb nicht sehr lange oben auf dem Gästeklo. Er war nämlich schnell wieder unten, zu schnell für meinen Geschmack, und wenn wir schon von Schnelligkeit reden - er war sogar sofort auf 180.
Ihr wisst, wie Eltern sind – man könnte meinen, sie lauern regelrecht auf Probleme bei ihren Kindern, ob diese Probleme Wirklichkeit sind oder ob sie sich die Probleme ihrer Kinder nur einbilden. Sie fühlen sich als schlechte Eltern, wenn sie sich nicht genug Sorgen machen.
„Annika", sagte er total aufgeregt, „was ist los? Es heißt, du hast dich mit anderen Schülern angelegt und sogar geschlagen, dann hast du unerlaubt das Schulgelände verlassen, du hast die Katze in die Schule mitgenommen, du hast sie sogar auf andere Kinder gehetzt... Deine Mutter muss morgen zu Herrn Schulze, und Frau Krautwurst, die Mutter von

Britney und Kevin, ist völlig außer sich, weil deine Katze die Gesichter ihrer Kinder völlig zerkratzt hat! Außerdem hat mir der Nachbar vor fünf Minuten erzählt, du bist eine Stunde lang die Buche im Garten ununterbrochen rauf und runter geklettert und hast dabei ständig „miau miau“ gerufen...“

„Das war die Katze“, unterbrach ich ihn.

„Eins steht fest“, sagte er nach einer kurzen Pause, „die Annika, der ich gestern Abend einen Gute-Nacht-Kuss gegeben habe, ist über die Nacht eine ganz andere geworden! Oder sehe ich das falsch?“

Puuuh... Wo hättet ihr an meiner Stelle bei diesem Schwall von Anschuldigungen angesetzt?

„Papa, ich muss mich anziehen, ja?“

„Zieh dich an und komm dann zu mir, ich bin im Wohnzimmer“, sagte er. „Und während du dich anziehst, werde ich einen Termin mit einem Psychologen vereinbaren.“

„Also ich finde, das brauchst du nicht, Pappeli, meiner Meinung nach bist du kerngesund in der Birne, echt.“

Ich hatte ihn schon lange nicht mehr Pappeli genannt. Ich weiß auch nicht mehr, wann und warum ich angefangen – und aufgehört – habe, ihn Pappeli zu nennen. Ist auch egal, die Hauptsache war, ich konnte ihn damit überraschen und neutralisieren. Er war von dieser Antwort so baff, dass er nicht anders konnte, als ein wenig zu lachen. Oh, das war kein richtiges Lachen aus dem Bauch: der Papa schwankte zwischen Beleidigtsein und Lust auf Lachen.

„Für mich übrigens auch nicht“, sagte ich noch, „mir geht es sehr gut. Es ist nur so... Es ist nur so, dass...“

Wie sollte der Satz weiter gehen? Ich hatte nicht den blassesten Schimmer.

Ich suchte den Blick der KE. Vielleicht würde sie mir einen Hinweis geben.

„Geh dich anziehen“, sagte Papa, „dann sehen wir mal weiter.“

Das gefiel mir schon, es klang weit weniger dramatisch als zu Beginn seiner Aufregung.

Die KE saß auf ihrem Popo ganz friedlich neben meinen Füßen. Sie hatte die Augen geschlossen und schnurrte. Ich hatte den Eindruck, sie grinste von einem Ohr bis zum anderen. Ich fragte mich, warum sie so zufrieden aussah. Ich kniete mich hin und näherte meinen Kopf dem der KE.

„Annika“, röhrte Papa, „zieh dich an, verdammt noch mal, anstatt mit deiner Katze zu schmusen!“

„OK, Pappeli“, antwortete ich. Und ich verschwand so schnell wie möglich in meinem Zimmer, wo ich mich ungestört meinem zweiten Lachanfall hingab. Ich hätte nicht genau erklären können, warum ich mich kaputt lachte. Vielleicht, weil ich ihn Pappeli nannte. Keine Ahnung.

Als ich mich beruhigt hatte, wunderte ich mich ein bisschen

über meine eigene Coolheit. Es schien, die KE färbte auf mich ab. Ich wäre nicht weiter verwundert gewesen, wenn mir ein Fell und ein langer Schwanz gewachsen wären. Trotzdem war die Lage etwas angespannt, um nicht zu sagen, dass wir, die KE und ich, in der Tinte saßen.

23.

Ich zog eine Jeans an, ein T-Shirt, ein Hemd und einen Pulli drüber. Alles in blau. Ich mag blau. Als ich unter das Bett kroch, um meine Lieblingsstrümpfe zu suchen, von denen ich wusste, sie befanden sich garantiert dort, kam die KE und schickte mir ein Gedankenpaket, das zugleich eine Frage war.
„Möchtest du wissen, was ich dir jetzt empfehle?“
Natürlich bejahte ich.
„Du solltest dich jetzt strikt weigern, in die Schule zu gehen. Wenn du dich mit absoluter Entschlossenheit weigerst, wirst du nicht gezwungen, hinzugehen. Ich kann dir nicht erklären, warum das so ist, aber ich weiß, dass es so ist. Entscheidend ist deine unwiderrufliche Entscheidung, nicht mehr dorthin zu gehen. Wir Katzen machen das so und das funktioniert hervorragend. Etwas tun, was uns nicht gefällt? Undenkbar. Vergiss es. Und es wird tatsächlich vergessen. Drücke deine

Entscheidung so aus, dass deine Eltern nicht auf die Idee kommen, dich überreden zu wollen. Sie müssen sich eine Lösung überlegen, aber die Grundlage für ihre Überlegungen muss die Tatsache sein, dass du dich ab jetzt einfach weigerst, in die Schule zu gehen. Und zwar kategorisch."

„Aber... Mama hat mir erklärt, wenn man nicht in die Schule geht, kommt die Polizei und holt einen."

„Das mag wohl sein. Dir ist es egal. Du gehst nicht hin. Punkt."

„Und die Eltern müssen ein Bußgeld zahlen, hat Papa gesagt. Angeblich müssen die Eltern ganz viel Kohle berappen."

„Ich glaube ihm gern. Das ist sehr traurig für die Eltern. Wir haben Mitleid. Aber du gehst nicht in die Schule. Dein Wille hat ganz einfach Vorrang. Es sei denn, du hast Lust, in die Schule zu gehen?"

„Bloß nicht!"

„Siehst du."

„Aber... Man lernt Sachen in der Schule, die wichtig sind! Ab und zu macht es sogar Spaß, Dinge zu lernen! Werde ich nie wieder hingehen, auch, wenn ich Lust dazu habe?"

„Doch, natürlich. Was ich will, ist lediglich, dass wir ein bisschen Zeit gewinnen. Wir werden jeden Tag hart trainieren, bist du stark bist. Dann gehst du in die Schule und den Ersten, der dich ärgert, den zerstörst du einfach."

„Es wäre mir recht, wenn du mitkommen würdest."

„Kein Problem, das mach ich."
„Wirst du mich verteidigen wie heute?"
„Das wird nicht nötig sein. Du wirst dich selber wunderbar verteidigen. Geh jetzt zu deinem Papa und erkläre ihm das."
„Dass ich nicht mehr in die Schule will, oder dass ich mich verteidigen werde?"
Ich kannte die Antwort auf diese Frage, keine Ahnung warum ich sie stellte.
Aber die KE machte mich nicht an. Eigentlich motzte sie nie mit mir. Niemals. Ich werde nie mit meinen eigenen Kindern motzen.
Papa saß auf dem Sofa und hatte die Beine ausgestreckt. Mit den Händen hinter dem Kopf verschränkt, sah er entspannt aus. Als ich mich ihm näherte, lächelte er mich an. Die KE sprang auf das Sofa und rollte sich neben ihm zusammen. Sie schloss die Augen und schnurrte.
„Ich hab schon einen Termin beim Psychologen vereinbart", sagte Papa.
„Ich will aber keinen Termin mit einem Psychodingsbums, der euch erklären wird, dass ich einen Knall hab."
„Er wird uns nicht erklären, dass du einen Knall hast", sagte Papa. „Höchstens wird er uns Eltern erklären, was für Fehler wir gemacht haben, und wie wir es in Zukunft besser machen sollen."

„Ihr habt keinen Fehler gemacht“, antwortete ich.
„Doch, bestimmt. Zum Beispiel hätten wir dir viel mehr und viel klarere Grenzen setzen müssen.“
Das hatte noch gefehlt! Die Grenzen! Grenzen setzen! Wie oft hab ich die Erwachsenen sich darüber unterhalten gehört, wenn Besuch zu Hause war! Wie oft! Grenzen setzen, Grenzen setzen, Grenzen setzen – die Erwachsenen, die Eltern sind, scheinen zwei Leidenschaften im Leben zu kennen: sich Sorgen um ihre Kinder zu machen, und wie Hohlköpfe die Worte „Grenzen setzen“ wiederholen!
„Ich gehe nicht zum Psychodings. Ihr könnt machen was ihr wollt, ich gehe nicht hin.“
Ich liebe meinen Papa. Ich wollte ihm nicht sagen, dass es mit dem Grenzen-Setzen langsam reicht, und dass es mich ankotzt, irgendeinen Typen zu besuchen, der dafür bezahlt wird, zu finden, dass ich nicht richtig ticke oder dass die Eltern nicht richtig ticken und nicht genug Grenzen setzen. Wenn ich nur dran denke, nervt es mich wieder, obwohl inzwischen zwei oder drei Jahre vergangen sind. Grenzen setzen! Oh nee!
Papa drehte sich ganz zu mir. Ich stand neben ihm vor dem Sofa. Er stand auf, kniete sich vor mich hin, legte die Hände auf meine Schultern und sagte:
„Das ist keine Bestrafung, Liebes. Es geht nur darum, dass es dir besser geht.“

Ich gab ihm einen Kuss.

„Wenn es nur darum geht, dass es mir besser geht, dann verschone mich mit dem Psychodingsbums. Das kann ich nicht leiden. Und es geht mir sowieso prächtig. Außerdem habe ich beschlossen, ich gehe nie wieder in die Schule."

Ich war stolz auf mich.

Papa stand auf. Er sah müde aus.

„Nie wieder in diese, eine Schule? Oder nie wieder in die Schule?"

Ich warf einen Blick auf die KE. Wir hatten nicht besprochen, was ich auf diese Frage antworten sollte.

„Nie wieder in diese, eine Schule", sagte ich eher zufällig.

„Darüber lasse ich mit mir diskutieren", antwortete Papa.

Die KE schnurrte noch lauter. In diesem Moment öffnete Hugo die Eingangstür und platzte herein. Er schleuderte seinen Ranzen durch den Flur und sagte:

„Papa, Papa", schrie er, „Annika hat Mist gebaut!"

24.

„Ich weiß schon", sagte Papa ganz ruhig. „So schlimm ist es nicht."

„Halt' die Klappe", sagte ich zu meinem Bruder, eher aus Gewohnheit als aus Überzeugung. „ich habe keinen Mist gebaut."

Dann sagte mein kleiner Bruder etwas, wofür ich ihn in mein Herz schloss:

„Ist mir wurscht, ob du Mist gebaut hast oder nicht, aber als ich auf den Ein-Uhr-Bus gewartet habe, da habe ich Britney und Kevin gehört, wie sie gequatscht haben. Kevin hat Britney erklärt, ihre Mutter hat gesagt, sie kommt noch heute zu uns zusammen mit dem Tierarzt und die werden die Katze Elefant mitnehmen und die wollen sie mit einer Spritze töten, denn sie hat vielleicht Tollwut. Wir müssen sie verstecken!"

„Miau", sagte die KE friedlich.

„Man könnte meinen, sie will sich an dem Gespräch beteiligen“, sagte Papa mit einem Grinsen. Er versuchte, die Lage etwas entspannter zu machen.

„Sie versteht uns“, sagte ich.

„Katze“, sagte Hugo, „du musst dich verstecken! Verstehst du? Verstecken! Versteck’ dich! Und wir werden dich nicht verraten!“

Die KE öffnete die Augen und fixierte meinen kleinen Bruder. Dann drehte sie langsam den Kopf zu mir.

„Ich glaube, er hat recht, Freundin“, sagte ich. „Diese Gestörten sind so strohdumm, wenn sie ihre Finger im Spiel haben, muss man mit allem rechnen.“

Papa war ganz still.

„Miau, Miau“, antwortete die KE.

„Das heißt *ja*“, übersetzte ich.

„Ich habe verstanden“, sagte Hugo.

Die KE stand auf, streckte sich, gähnte und sprang vom Sofa runter.

„Willst du etwas zum Essen mitnehmen?“, fragte ich sie.

„Miau.“

„Heißt das ja oder nein?“, fragte Hugo.

„Nein. Einmal miau - *nein*, zweimal miau - *ja,* dreimal miau - *geht so*.“

„Geil!“

Die KE war inzwischen vor der Eingangstür, dabei hatte sie Hugos Ranzen umlaufen müssen.
„Sagenhaft“, sagte Papa, „man könnte fast glauben...“
Leider konnte er seinen Satz nicht zu Ende bringen: wir hörten ein Auto, das vor unserer Garage parkte (wer vor unserer Garage parkt und die Ausfahrt damit blockiert, muss hohl sein, folglich konnte es sich nur um die Familie Gestört handeln, Britney Gestört, Kevin Gestört, Mami Gestört).
„Scheiße“, sagte ich, „diese Ärsche kommen tatsächlich!“
„Mach schnell die Tür auf!“, sagte Hugo.
Zum ersten Mal in meinem ganzen Leben gehorchte ich meinem sonst so blöden, kleinen Bruder. Die KE ging raus, doch zu meiner Verzweiflung schien sie nicht sonderlich beunruhigt zu sein. Anstatt weg zu rennen, setzte sie sich auf ihre Hinterpfoten und fing an, sich in aller Ruhe zu putzen, was an und für sich sehr süß und hübsch aussieht, wie sie ihre kleine rosa Zunge über ihr Fell fahren lässt, aber da hätte nicht nur ich es viel lieber gehabt, wenn sie schnell abgehauen wäre.
„Lauf! Lauf weg! Bleib’ nicht da, verdammt! Mann, lauf weg!“, rief ich.
Sie hörte kurz auf, sich zu putzen und schaute zu mir herüber. Dann putzte sie sich seelenruhig weiter und fuhr sich mit der rechten, vorderen Pfote über ihre Schnauze. Ich hatte den

Eindruck, sie lachte sich ins Fäustchen, aber das konnte nicht sein, selbst die KE konnte sich nicht ins Fäustchen lachen. Tja, und dann hörte ich eine bekannte Stimme, und diese Stimme sagte:

„Da üst sie, aber Vorsücht, sie üst gefährlüch."

„Kein Problem, mein Junge", sagte eine männliche Stimme, die ich noch nie gehört hatte, wir werden sie mit diesem Netz einfangen."

„Ja, aber passen Sie gut auf sich auf", sagte Mami Gestört, „dieses Tier da ist eine Bestie, sie hat meine zwei Kinder entstellt, Sie haben's gesehen!"

„Frau Krautwurst, wir machen das jeden Tag, wir haben schon einen entlaufenen Wolf, einen entlaufenen Löwen und einen entlaufenen Bären und sogar einen entlaufenen Elefanten eingefangen, aber das da ist nur eine kleine Katze!"

Jetzt konnte ich sie alle sehen: neben der Familie Gestört waren zwei Männer mit blauen Uniformen und riesigen Schirmmützen, auf die ein Kuchen von der Mama gepasst hätte. Sie sahen völlig lächerlich aus. Der eine war groß und mager, der andere war klein und hatte O-Beine. Einer sah blöder aus als der andere.

Papa stand auf.

„Das", sagte er, „ist eine unerhörte Frechheit, so geht das nicht."

Er hatte zwei komische Beulen unter den Ohren, seine Augen waren ganz klein, seine Nasenlöcher waren auf einmal fast zu und er hielt sich ein bisschen gebückt – noch nie hatte ich ihn so gesehen.

25.

Der Pappeli war vor das Haus getreten, mit Hugo und mir im Schlepptau.

„Was machen Sie denn hier?", brüllte er, und es war keine Frage, sondern eine... eine... Empörung (eigentlich müsste man zusätzlich zu Verneinungen, Aussagesätzen und Fragen eine neue Satzkategorie einführen: den Empörungssatz.). „Sie haben hier nichts zu suchen! Dies ist ein Privatgrundstück! Sie dürfen gehen!"

Der Pappeli, der sehr, sehr selten laut wird, brüllte förmlich. Ich war einerseits total dankbar und stolz auf ihn, andererseits hatte ich ein wenig Angst um ihn, zumal die zwei Männer nun wirklich dämlich aussahen, und vor dämlichen Leuten muss man Angst haben, das habe ich in der Schule gelernt.

„Moment mal", sagte der o-beinige Idiot, „Moment mal, machen Sie mal langsam..."

„Ich mache so langsam oder so schnell, wie ich es für angemessen erachte, ja?“, sagte mein Vater, der viel zu klug für solche Idioten ist, „Sie befinden sich gerade auf meinem Grundstück, das Sie unangemeldet betreten haben, und wo Sie obendrein nicht willkommen sind, ist das klar? Und das trägt einen Namen, der Hausfriedensbruch lautet, es handelt sich um eine Straftat! Für Sie empfiehlt es sich also dringendst, das Weite zu suchen!“

Der kann reden, der Pappeli, oder? Ich war begeistert.

„Ja“, sagte Hugo, “zieht Leine!“

OK, ich wäre eher dafür gewesen, sich ganz rauszuhalten, denn unser Vater kam ohne unsere Unterstützung super gut zurecht, aber ihr wisst, wie kleine Brüder eben sind.

„Halt die Klappe, du Zwerg“, sagte Britney, die sich nah am Auto ihrer Mutter aufhielt, so mutig war sie nämlich gar nicht.

Die KE bewegte sich nicht vom Fleck. Anscheinend unbeteiligt saß sie immer noch einige Meter von der Eingangstür entfernt auf ihren Hinterpfoten und verfolgte das Gesagte mit dem Kopf, als ob sie sich ein Tennisspiel anschauen würde.

„Warum gehst du denn nicht?“, fragte ich sie. „Lauf doch weg!“

„Miau“, antwortete sie. Ein klares *„nein*“ also. Ich konnte es nicht fassen.

„Du wirst dich doch verteidigen, oder?“

Die KE schaute weg und putze sich weiter die Brust mit ihrer süßen, rosa Zunge, als ob es nichts Wichtigeres zu tun gegeben hätte. Ich dachte, ich werd' verrückt.

Währenddessen hatte der o-beinige Idiot ein Stück Papier aus seiner dreckigen Jacke geholt und hatte es meinem Vater gegeben.

„Wenn Sie nicht reden wollen“, sagte der Typ, „dann lesen Sie das, sie können vielleicht lesen, oder?“

Und er dachte, er wäre superschlagfertig, dieser Hohlkopf. Mein Vater las das Blatt in höchstens drei Sekunden und sagte:

„Das ist mir egal, das Leben dieses unschuldigen Tierchens ist mir wichtiger als ihr blödes Blatt, egal welche Unterschrift und egal welche Stempel drauf stehen, ja?“

Oh, wie ich meinen Vater dafür bewundert und geliebt habe! Tja, aber der o-beinige Idiot, der dachte, er sei superschlagfertig, bewegte sein Kinn in Richtung KE und sagte dem anderen, dem mageren Idioten also: „Kümmere du dich mal drum.“

„Zum letzten Mal“, sagte mein Vater, „verschwinden Sie von meinem Grundstück, oder es wird großen Ärger geben!“

„Tut uns leid, aber wir haben Befehle“, antwortete der o-beinige Idiot.

Der magere Idiot machte einen Schritt in Richtung KE. Er trug eine Art Fangnetz in den Händen, wie für Fische, ich habe so

etwas Mal im Fernsehen gesehen.
Mein Vater schnitt ihm den Weg ab und sagte:
„Du bewegst dich nicht vom Fleck.“
Daraufhin packte der o-beinige Idiot meinen Papa am Ärmel und sagte zu ihm, er solle doch vernünftig sein, es gehe doch nur um eine tollwütige Katze!
Mein Vater befreite sich und brüllte den o-beinigen Idioten an, dass er ihn bloß nicht anfassen dürfe.
Aber der magere Idiot war schon an meinem Vater vorbei gelaufen und da die Entfernungen auf unserem Grundstück nun nicht sehr groß sind, kam er schon in die Nähe der KE und warf sein Fangnetz aus.
Ohne Scheiß, diese Sekunden wurden die schlimmsten meines Lebens.

26.

Das Fangnetz landete direkt auf der KE, die keinen Ton von sich gab und sich nicht bewegte.
Dass der magere Idiot gut werfen konnte, konnte man ihm nicht aberkennen. Mein Vater versuchte, den mageren Idioten daran zu hindern, die KE hoch zu heben, aber der o-beinige Idiot stellte sich vor ihn, so wie im Fußball, wenn einer mit ausgebreiteten Armen einem anderen den Weg versperrt.
„Töte ihn doch! Du hast mir doch gesagt, ich soll Arschlöcher töten! Tu das jetzt“, schrie ich zur KE, als der magere Idiot sich zu ihr bückte. Er trug dicke Handschuhe.
„Aha“, schrie Britney Gestört aus der Deckung der Autotür, „weg ist sie, die tollwütige Katze, eine kleine Spritze und auf Wiedersehen!“ Am Steuer saß Mami Gestört. Kevin Gestört stand hinter dem o-beinigen Idioten.
„Ja“, sagte er wie ein blödes, gestörtes Echo, „weg üst sie!

Eine kleine Sprütze und sie würd nü wüder jemanden kratzen!“ Hugo brach in Tränen aus. Mein Vater versuchte vergeblich, sich einen Weg zum Fangnetz zu bahnen, aber irgendwie ging es nicht, der o-beinige Idiot klebte an ihm, und ich wollte auch nicht, dass mein Vater sich richtig mit ihm prügelte. Da fing die KE an zu miauen. Noch nie hatte sie so miaut. Es war ein Miauen, bei dem mein Herz brach.

Ich fasse zusammen:

Meine Freundin, die KE war gefangen in diesem Netz. Meine magische Freundin, die bald eine tödliche Spritze bekommen würde.

Mein kleiner Bruder Hugo, der bitterlich weinte.

Die zwei Idioten, die wie Roboter ihre blöden und sinnlosen Befehle ausführten und meinen geliebten Vater ärgerten.

Und die Familie Gestört, die uns verhöhnte.

Plötzlich packte mich eine unglaubliche Wut, ihr könnt euch das bestimmt nicht vorstellen. Brüllend stürzte ich mich auf den mageren Idioten, der sich vor lauter Überraschung aufrichtete. Er war gerade dabei, das Fangnetz fester um die KE zu bringen, ich fuhr meine Krallen aus und verpasste ihm eine Richtige im Gesicht, Tschak, ich bildete mir ein, das Geräusch war das gleiche, wie wenn Mama ein Stück Handtuch zerreißt.

„Aua“, sagte er, „bist du verrückt?“

Ich holte blitzschnell ein zweites Mal aus und traf ihn wieder direkt unterhalb der Augen. Er ließ das Fangnetz fallen.

„Hey! Hey! Hey!“, rief er. Ich wusste genau, er hatte Angst. Das tat gut.

Am Ende meiner Bewegung befand ich mich in der Nähe von Kevin Gestört. Wieder holte ich aus und traf ihn ungefähr da, wo die KE ihn am Vormittag schon getroffen hatte. Damit wird es für ihn schwierig, ein Mädchen abzubekommen, sage ich euch.

Dann war der o-beinige Idiot dran. Er versuchte, sich mit den Armen zu schützen, als meine Krallen im Anflug auf seine Nase waren. Meine Krallen trafen also seine Hand, auch gut. So wie ich das jetzt erzähle, scheint es vielleicht lange gedauert zu haben und langsam von statten gegangen zu sein, aber in Wirklichkeit war ich extrem schnell – ich hätte auch nie gedacht, dass ich so schnell sein kann!

„Geil, Annika, geil, zeig's denen, zeig's denen!“, schrie Hugo.

Aber es war nicht mehr nötig. Die Gebrüder Idioten wichen zurück. Sie bluteten, einer an der Hand, einer im Gesicht.

„Weg hier!“, sagte der o-beinige Idiot, „die haben einen Vogel in diesem Haus!“

Sie rannten zu ihrem Auto. Der o-beinige Idiot schrie noch, als sie schon sicher in ihrem Auto saßen, dass es eine Anzeige geben würde.

„Gute Idee, ich rufe meinen Anwalt sofort an“, antwortete mein Pappeli. Seine Stimme zitterte ein bisschen. Aber ich hatte auch noch eine Rechnung mit Britney Gestört offen. Ich rannte zu dem Auto, doch sie sprang rein und knallte die Tür hinter sich zu, woraufhin Mami Gestört sofort startete und losfuhr. Kevin Gestört war aber immer noch vorm Haus! Er lief hinter dem Auto her und schrie: „Hey! Wartet auf müch! Wartet auf müch!“

Ich überlegte kurz, ob ich hinterherrennen sollte. Ich wusste auch, ich würde ihn problemlos einholen – fragt mich nicht warum ich das wusste, aber so war es. Ich beschloss aber, ihn laufen zu lassen. Es gab Wichtigeres zu tun. Außerdem fühlte ich mich sauwohl, das Gefühl war unbeschreiblich – zumindest das erste Mal, wenn du so was tust.

Ich hob das Fangnetz, unter dem die KE geduldig wartete. Sofort sprang die KE auf meine Schulter, legte den Kopf an meiner Schläfe und sendete mir das folgende Gedankenpaket, als ob sie mir einen Ball zugeworfen hätte:

„Na, meine mutige Freundin, was hältst du von meiner Falle?“

27.

Es dauerte einen Moment, bis ich kapierte.

„Ich hatte dir doch gesagt“, half mir die KE, „ich würde dir eine Falle stellen, wenn du soweit bist, damit du lernst, dich zu schlagen. Ich wusste nämlich, die einzige Methode, dich dazu zu bringen, deine Krallen einzusetzen, war, dass du dich für jemanden einsetzt. Für dich allein hättest du es nie gemacht. Du hättest dich immer schlagen lassen, egal wie gut ich dich trainiert hätte. Als ich von der Ankunft deiner „Freunde“ Kevin, Britney und ihrer Mutter erfuhr, und vor allem von dem, was sie vorhatten, wusste ich: da habe ich meine Ausgangssituation, da kann ich meine Falle aufstellen.“

Papa sagte, wir sollten reingehen. Ich richtete mich langsam auf, die KE rutschte ein wenig und fiel runter. Natürlich fiel sie nicht plump herunter, sondern landete elegant und schwungvoll auf ihren Pfoten.

„Ich muss mir ein kleines Glas Cognac einschenken“, sagte Papa, nachdem er die Tür hinter uns geschlossen hatte, „ich brauche das, und dann werden wir uns in aller Ruhe überlegen, was wir als Nächstes tun wollen.“

Er ging in die Küche. Die KE und ich begaben uns in mein Zimmer.

„Hugo“, rief ich, „kommst du mit?“

Ich war selbst überrascht. Ich musste mich tatsächlich arg verändert haben, denn meinem Brüderchen hätte ich niemals zuvor vorgeschlagen, mich irgendwohin zu begleiten. Ich war im Gegenteil immer froh, wenn ich ihn loswerden konnte.

„Ja“, antwortete er, aber in seiner Stimme befand sich viel mehr als das, nämlich: *Oh ja, ja, supergerne, Danke, das Leben ist schön, jetzt bin ich nicht mehr klein, ich werde jetzt groß und stark*, und so weiter. Das war auch für mich so spaßig, ihm diese Freude bereitet zu haben, dass ich mehr davon wollte, und so bot ich ihm an, sich mit der KE und mir auf mein Bett zu legen. Bald lagen wir also nebeneinander, mit der KE zwischen uns. Hugo sagte nichts. Er schien Angst davor zu haben, diesen Moment zu zerstören. Wie üblich näherte sich die KE meinem Kopf. Ihr werdet sicherlich nicht aus allen Wolken fallen, wenn ich euch verrate, dass sie sehr laut schnurrte.

„Bist du böse auf mich wegen der Falle?“, fragte sie. Ich spürte

ihr Grinsen in meinem Bauch, irgendwie.
„Nein. Aber... Wir haben erst heute mit dem Training angefangen! Ich war überhaupt nicht bereit!“
„Das stimmt nicht ganz. Du hattest dir die Nägel richtig geschnitten. Das war die Hauptsache. Denn bereit wärst du nie gewesen, Liebes. Im Grunde fühlen wir uns nie bereit, egal wofür. Ob Menschen, Katzen, Elefanten oder Flöhe – würden wir warten, um zu handeln, bis sich das Gefühl einstellt, dass wir nun bereit sind, würden wir niemals auch nur den kleinen Finger oder die kleine vordere Pfote oder was auch immer bewegen.“
Ich wusste, es stimmte hundertpro.
„Hattest du keine Angst, dass ich nicht eingreife? Schließlich bin ich ein Feigling!“
„Du hast bewiesen, dass du kein Feigling bist, Annika! Rede bitte nicht mehr so von dir. Außerdem war ich mir sowieso sicher, dass du mich verteidigen würdest. Ich musste nur im richtigen Moment und mit dem richtigen Ton miauen.“
„Aber zum Schluss hättest du dich doch verteidigt, wenn ich...“
Hugo drehte sich zur Seite mit dem Gesicht zu mir und der KE.
„An was denkst du, Annika?“, fragte er.
„Ich spreche mit der Katze“, sagte ich nach einer Weile. Ich dachte, er würde antworten, Katzen sprechen nicht.
Aber er beobachtete uns nur. Da bekam ich wieder ein

unerwartetes Gedankenpaket:
„Sag' ihm bitte, ich werde mit ihm auch sprechen, er soll sich nur kurz gedulden."
„Was?"
„Sag's ihm, bitte."
Ich wiederholte die Botschaft. Hugos Augen wurden größer.
„Übrigens", fügte die KE hinzu, „hol' bitte deinen Papa her. Auch mit ihm werde ich sprechen. Ihr habt mich verteidigt, jeder auf seine Art. Deinen Bruder und deinen Papa ernenne ich deshalb zu Ehrenkatzen. Ich kann zwar kein Diplom ausstellen, dafür kann ich mit ihnen ein wenig magisch plaudern."
„Soll ich ihn jetzt sofort holen?"
„Ja, bitte, Annika."
Ich stand auf, doch kaum war ich auf den Beinen, klopfte mein Vater schon an die Tür (das mochte und mag ich an ihm und der Mama: andere Eltern platzen in dein Zimmer, meine Eltern klopfen meistens ganz höflich!). Natürlich bat ich ihn herein. Ganz aufgeregt erklärte er, er hätte sich Gedanken gemacht und würde über einen Anwalt Anzeige erstatten, aber vor allem oder auf jeden Fall wollte er sich an die Presse wenden. Er würde heute schon einen Brief an den Bürgermeister schreiben sowie einen Artikel für die lokale Zeitung, er hatte sich schon den Titel überlegt: *Elfjähriges Mädchen schlägt*

zwei Stadtbedienstete in die Flucht, die ihre heißgeliebte, kleine Katze entführen wollten, um sie einzuschläfern, und er brauchte nur noch ein Foto von mir, um das Foto dem Brief bzw. dem Artikel beizulegen. Er fügte hinzu, die Wahlen würden bald stattfinden, der Bürgermeister könnte sich solch eine Polemik, bei der die Stadt als herzenslose Katzenräuberin dastehen würde, nicht leisten, was der Grund dafür war, weshalb die Stadt garantiert klein beigeben würde.
Ich weiß übrigens immer noch nicht genau, was Polemik heißt, aber ich vermute, es handelt sich um das Wort, das die Erwachsenen benutzen, wenn sie den Ausdruck „sich fetzen“ nicht kennen.
Ich sagte ihm, ich fände die Idee super, allerdings käme mir der Titel ein bisschen zu lang vor.
„Du hast recht“, antwortete er, „ich werde ihn kürzen. Hugo, kannst du bitte ein Foto von Annika machen? Mit ihrem Handy?“
„Papa“, sagte ich, „das ist alles in Ordnung und wir machen das. Aber erst Mal… Komm einfach zu uns auf mein Bett.“

28.

Und nun saßen wir alle vier auf meinem Bett: Papa, Hugo, die KE und ich. Das Tageslicht wurde schwächer. Ich schaltete eine kleine Lampe neben meinem Bett an.
Papa streichelte die KE. Gleichzeitig schaute er zu mir mit einer Mischung aus Liebe, Neugierde und Wohlwollen.
Hugos Augen glänzten vor Aufregung.
Die KE schnurrte, das hattet ihr euch bestimmt schon gedacht.
Draußen fing es an zu regnen.
Ich dachte mir, die Welt ist unglaublich. Einige Minuten zuvor war ich verzweifelt. Sekunden später wurde ich zu einer Furie. Und obwohl mein Herz in meiner Brust immer noch etwas schneller und stärker klopfte als sonst, war jetzt alles ruhig, alles perfekt, alles war an seinem Platz, alles war in Ordnung und war immer in Ordnung gewesen und es hatte nie einen Grund gegeben, sich Sorgen zu machen. Ich weiß nicht, ob ihr

versteht, was ich meine. Na ja, ich selbst verstehe es nicht mal wirklich, also – wenn ihr nicht mitkommt: keine Panik, Leute. Und es ist auch ein bisschen egal, muss ich zugeben, denn soooo wichtig sind diese Seiten auch nicht, das weiß ich ganz genau. Jedenfalls fühlte ich mich pudelwohl (in einer gewissen Weise fühle ich mich heute, wo ich diese Zeilen schreibe, zwei Jahre später also, immer noch so).
Die KE gähnte, streckte sich und ging zunächst zu Hugo. Ich hörte Papa Luft holen, um etwas zu sagen. Spontan, ohne zu wissen, warum, legte ich den Zeigefinger auf seine Lippen. Irgendwie muss ihm klar gewesen sein, etwas Besonderes lief auf meinem Bett ab, denn brav hielt er die Klappe.
Hugo saß aufrecht auf meinem Bett mit dem Rücken zur Wand. Langsam stieg die KE auf seinen Oberschenkel, und dann sprang sie auf seine Schulter. Mein kleiner Bruder war schon entzückt, bevor alles richtig begonnen hatte, er war echt goldig! Aber dann lehnte die KE ihren Kopf an seinen. Ich hielt den Atem an. Papa beobachtete interessiert die Szene und lächelte selig (für die unter euch, die das Wort *selig* nicht kapieren, das heißt, er war total gechillt).
Hugos Augen wurden größer.
Sein Mund öffnete sich.
Sein Blick fiel auf seine Füße.
Er fing an, die Lippen still zu bewegen.

Dann kam die erste Träne, die über seine Wange rollte, mal langsam, als ob sie zögern würde, mal schnell.

Keine Ahnung, wie lang es dauerte.

Als die KE von seiner Schulter runter ging, fragte Papa Hugo, was los war. Er hörte sich ein wenig besorgt an, wie eben Eltern, siehe oben. Ich sagte zu ihm, Hugo ginge es prächtig und er, Papa, würde bald verstehen, was los war.

Tatsächlich befand sich die KE bald auf seiner Schulter. Er streichelte ihr den Rücken.

„Du bist ja eine süße Katze, du", sagte er noch, bevor die KE die Kopfsache in die Wege leitete, „ich kapiere schon, weshalb Annika dich so gerne hat, außerdem riechst du wirklich gut. Du bist ja eine süüüüüße, kleine Katze, wieee süüüüß".

Der Narr! Ich musste losprusten.

„Was ist so lustig?", fragte der Pappeli, „bin ich wieder...?"

Oh, sein Gesichtsausdruck, als die KE ihm das erste Gedankenpaket schickte! Oh, wie schade, dass ihr diesen Gesichtsausdruck nicht sehen konntet! Seine Mundwinkel – oh, ich lache mich immer noch tot, wenn ich jetzt daran denke –, seine Mundwinkel wanderten aus der Gegend seiner Ohren zur Gegend seines Hemdkragens, seine Stirn wurde um einige Zentimeter höher und um einige Falten reicher. Und dann sagte er – ich lach' mich tot! – dann sagte er:

„Huch! Ich höre die Katze, wie sie mit mir spricht! Dieser

Cognac war vorzüglich, aber so trinkfest wie damals bin ich wohl nicht mehr! Hätte nie gedacht, dass sich seine Wirkung so schnell entfalten würde!“

„Das ist nicht der Cognac, Papa“, antwortete ich. „Hugo hat keinen Cognac getrunken und er hat die Katze gehört und mit ihr gesprochen. Ich auch. Seit drei Tagen reden wir miteinander.“

Der Papa wurde still. Bestimmt teilte ihm die KE gerade etwas mit.

„Das kann nicht sein“, sagte er, aber er hörte sich nicht sonderlich überzeugt an.

„Das kann nicht sein“, wiederholte er. „Ich träume.“

Er zwickte sich am Handrücken, ganz fest. Angeblich soll man sich zwicken, wenn man denkt, oder hofft, dass man träumt. Wer‘s glaubt, wird selig.

„Du träumst nicht“, sagte ich.

„Nur im Traum oder unter Alkoholeinfluss sprechen Katzen“, erwiderte er.

Er war zäh, fand ich.

„Papa“, sagte Hugo, „sie spricht wirklich!“

„Netter Traum, Kinder“, sagte Papa. „Wir sind solch eine tolle Familie, jetzt haben wir sogar Familienträume.“

Die KE sprang von seiner Schulter runter und zu meiner hoch.

„Das hat keinen Zweck“, sagte sie zu mir, „und es ist

möglicherweise besser so."
Damit hatte ich nicht gerechnet. Ich war regelrecht traurig. Ich hätte so gern meine magische Katze mit dem Papa geteilt!
„Würdest du es mit der Mama versuchen, wenn sie von der Arbeit zurückkommt?"
„Nein", sagte die KE. „Es tut mir leid, aber wenn ich so weitermache, werden deine Eltern bald glauben, sie sind verrückt und sie müssen sich von einem Psychodings behandeln lassen. Das war ein Fehler von mir. Man darf Erwachsene nicht in die Magie einweihen, sie können nicht damit umgehen. Und das, obwohl auch ihre eigene Welt eigentlich voller Magie steckt, aber sie sind zu sehr daran gewöhnt, das Rätsel um die Magie zu sehen. Egal! Vergessen wir's."
Ich verstand, was die KE sagte.
„Werde ich auch so, später?", fragte ich.
„Ich weiß es nicht."
„Das wäre so traurig!"
„Ja, gewiss."
Der Papa stand auf, verkündete in seinem üblichen Papa-Ton, er würde jetzt den Brief und den Artikel schreiben, von dem er gesprochen hatte, Hugo möge doch das Foto von mir schießen, das er brauche. Und dann ging er.
Hugo bewegte sich nicht. Er war wie versteinert.

Die KE und ich blieben eine Weile sitzen, ohne Gedankenpakete hin- und herzuschicken. Draußen wurde es immer dunkler.

Und dann musste ich eine Frage stellen, vor der ich mich fürchtete, aber es war mir klar, dass kein Weg daran vorbei ging:

„Wie geht es jetzt weiter?"

„Dein Vater wird die Geschichte mit den Stadtmenschen auf seine Art regeln. Ein Artikel wird in der Zeitung erscheinen. Du wirst eine Berühmtheit hier in dem Städtchen sein, zumindest für eine Weile. Kevin und Britney werden einen großen Bogen um dich machen. Die anderen Kinder werden versuchen, sich mit dir anzufreunden."

„Werde ich wieder gemobbt?"

„Bei dem ersten Verdacht eines Anzeichens, eines Anfangs, eines Versuchs von irgendjemandem, irgendwo in irgendeiner Zeit deines Lebens, dich zu mobben, Krallen raus und los geht's. Ach, ich brauche dir nicht zu sagen, was du zu tun hast. Aber es wird nicht wieder passieren."

„Wieso?"

„Etwas an dir ist anders. Als du diese zwei Idioten angegriffen hast, hast du dich verändert, und zwar für immer. Jetzt gehörst du zu den Menschen, die nicht mehr geärgert werden."

„Und... Werde ich dick bleiben?"

„Da bin ich überfragt“, antwortete die KE mit einem Bergbach-Lachen, „das liegt in deiner Hand, etwas zu tun, damit die Pfunde verschwinden, oder?“

„Trainieren, wie du es mir gezeigt hast?“

„Zum Beispiel.“

Es dauerte, bis ich den Teil meiner Frage loswurde, vor der ich am meisten Schiss hatte.

„Und du?“

„Das ahnst du schon. Ich werde verschwinden müssen.“

„Warum? Kannst du nicht bei uns bleiben?“

„Nein.“

„Warum denn? Hast du Angst vor dem Tierarzt? Oder magst du mich weniger? Hab ich etwas Falsches gesagt oder getan?“

„Annika, ich bin gekommen, um dir zu helfen. Aber stell’ dir vor, du bist nicht die Einzige, der geholfen werden muss. Aber glaube nicht, ich werde leichten Herzens gehen. Ich werde dich vermissen.“

„Werden wir uns nie wiedersehen?“

Ich hatte einen Kloß im Hals.

Die KE ließ sich für ihre Antwort viel Zeit, was ich für ein schlechtes Omen hielt. Aber dann antwortete sie:

„Obwohl dein kleiner Bruder und ich nicht so ähnlich sind wie du und ich, kann es sein, dass ich für ihn eines Tages wieder

komme."
„Sagst du das, damit ich nicht zu traurig werde?"
„Nein."
„Wann wird es sein?"
„Ich weiß es nicht."
Lange schwiegen wir, Kopf an Kopf. Die Nacht war hereingebrochen.
Irgendwann hörte ich Mamas Auto, das vor der Garage parkte. Mama stieg aus, öffnete das Tor, das einen Riesenkrach machte, weil es klemmte, Papa wollte es seit Monaten ölen. Sie stieg wieder ins Auto, startete den Motor und fuhr rein, dann hörte man nichts mehr.
„Katze Elefant?"
„Ja, Mensch Annika?"
Ich musste grinsen.
„Danke."
„Gern geschehen."
Die KE sprang runter von meiner Schulter und dann vom Bett. Sie trottete zu meinem Schreibtisch, sprang darauf und ging zum Fenster, das sich direkt dahinter befand. Sie drehte sich zu mir und mit einem kleinen, traurigen „Miau" bat sie mich, das Fenster zu öffnen. Ich tat es. Die Nacht verschlang sie. Ich schloss das Fenster wieder. Ich wollte nicht weinen.
„Was hat sie dir gesagt?", fragte Hugo, den ich völlig

vergessen hatte.
„Dass sie weg muss, kleiner Bruder."
„Sie kommt doch bald wieder, oder?"
„Eines Tages, vielleicht."
Kurz danach platzte Mama in unser Zimmer (zwar ohne zu klopfen, aber sie war so aufgeregt, dass ich Verständnis hatte).
„Liebes", sagte sie, „Papa hat mir gerade alles erzählt! Ich bin stolz auf dich!"
„Danke Mama", sagte ich.
„Wir stehen hinter dir! Und wenn es sein muss, ziehen wir in eine andere Stadt!"
„Das wird schon gehen", antwortete ich, „kein Stress."
„Ich werde deinen Lieblings-Schokoladenkuchen backen, um meine mutige Annika zu feiern!"
„Gute Idee, Mama, und vermassele ihn bitte nicht, denn ich habe beschlossen, das wird der Letzte sein, den ich esse – zumindest, bis ich schlank geworden bin!"

Weitere Titel von Jean-Philippe Devise:

Eine Fahrradtour und andere Geschichten
Erzählungen (bereits vergriffen)
Eligia Goroncy Verlag
ISBN 978-3-931063-00-9

Heute wird die Sonne bestimmt den Nebel besiegen
Erzählungen (bereits vergriffen)
Thomas Plöger Verlag
ISBN 978-3-89708-110-5

Der Kinderprozess
Roman
Eligia Goroncy Verlag
ISBN 978-3-931063-01-6

Hüben & Drüben – Betrachtungen eines eingedeutschten Franzosen
Erzählungen
Eligia Goroncy Verlag
ISBN 978-3-931063-02-3

Viel Leben, wenig Tod
Erzählungen
Eligia Goroncy Verlag
ISBN 978-3-931063-03-0

Jens, der kleine Künstler
Kinderbuch
Eligia Goroncy Verlag
ISBN 978-3-931063-05-4

Liebesdialoge
Erzählungen über die Liebe
Eligia Goroncy Verlag
ISBN 978-3-931063-07-8

Das kleine Buch für Autoverrückte
Erzählband über das Automobil
Eligia Goroncy Verlag
ISBN 978-3-931063-08-5

Ein Umweg und andere Geschichten
Bilingualer Erzählband Deutsch - Französisch
Eligia Goroncy Verlag
ISBN 978-3-931063-10-08

Jens, der kleine Künstler
Bilinguales Kinderbuch Deutsch - Arabisch
Eligia Goroncy Verlag
ISBN 978-3-931063-11-5

Die Katze Elefant auf meiner Schulter
Kinderbuch Russisch
Eligia Goroncy Verlag
ISBN 978-3-931063-12-2

Jonas steht nicht mehr auf
Kinderbuch
Eligia Goroncy Verlag
ISBN 978-3-931063-13-9

B. Schüler
Altersabhängige Makuladegeneration – *Naturheilkundliche Hilfe zur Vorbeugung und Behandlung*. 2009, 2. Auflage, 237 Seiten

I. Strempel
Das andere Augenbuch. Seele und Sehen – *ein Leitfaden für Betroffene*. 2, überarbeitete Auflage 2011, 358 Seiten

I. Strempel
Keine Angst vor Grünem Star. *Ein Buch für Patienten: Ursachen – Hintergründe – Begleittherapie, mit Entspannungs-CD*. 2009, 3. Auflage, 202 Seiten

M. Teut, B. Maul, Th. Rampp, F. Sulistyo
Das KinderWunschBuch – *IVF, Naturheilkunde, Homöopathie und TCM bei unerfülltem Kinderwunsch*. 2008, 2. Auflage, 247 Seiten